# 自閉症の僕の毎日

東田直樹

角川文庫
24202

# はじめに

僕は自閉症という障害を抱えています。みんなのようにうまく話せません。声をかけられても返事ができないときがあります。興味を持った特定の事柄に強くこだわってしまい、注意されても止めるのが難しく、予想外のことが起きると、混乱してパニックになることもあるのです。

自閉症の原因についてはいろいろな説がありますが、ひとつは生まれつきの脳の特性といわれています。

僕は昔から、目で見たものを記憶するのが得意でした。文字に関心があり、看板や商品に書かれているお店の名前やロゴを見てはそのまま記憶し、お絵かきボードに書いていたのです。僕はじっとしていることが苦手で、すぐに動き回ってしまいます。つないだ手を放したとたん迷子になり、家族を困らせていました。

集団行動が苦手だったので、小学5年生まで授業中も母に付き添ってもらいながら、地域の小学校の普通クラスに在籍しました。小学6年生から中学3年生までは特別支援学校に通い、その後通信制の高校で学んでいます。

会話のできない僕は、自分の思いを表現するために、試行錯誤した結果「文字盤ポインティング」という方法にたどりつきました。文字盤は、画用紙にパソコンのキーボードと同じ並びのアルファベットを書いたものです。それを指しながら言葉を綴《つづ》っています。執筆の際にはパソコンを使用しています。

書くことが好きだったので、小学生の頃から、作文コンクールに応募を始めました。グリム童話賞の中学生以下の部で大賞を受賞し、作品が書籍化されたこともあります。13歳の時に書いた、理解されにくかった自閉症者の内面を、平易な言葉で説明した本『自閉症の僕が跳びはねる理由』（エスコアール／角川文庫／角川つばさ文庫）が世界的ベストセラーになり、僕は作家としての第一歩を踏み出すことができたのです。

僕は、２０２４年8月で32歳になります。今も作家として執筆や講演活動を続けています。

この本『自閉症の僕の毎日』は、２０２０年3月に出版した単行本『絆創膏日記』の文章を加筆修正したものです。『絆創膏日記』は、僕が25〜6歳当時、ＫＡＤＯＫＡＷＡ文芸ＷＥＢマガジン「カドブン」に連載していたエッセイです。春夏秋冬の一年を通して感じた心の有り様を残しておくために書き下ろしました。文庫化にあたり、文章を「である調」から「です・ます調」に変換しています。

大人になった現在も、僕が自閉症であることは変わりありません。

自然の移り変わりに心を揺さぶられ、頭の中にしまってある過去の場面を跳び回り、壊れたロボットのような体に振り回されています。

「いいじゃないか、みっともなくても、これが僕なのだ」そう思えるようになるまで、長い時間がかかりました。

他の人との違いに悩んだこともありますが、自閉症だからこそ、気づくこと、感じることがあるのではないでしょうか。

僕もみんなと同じように、毎日の生活の中で、笑ったり、怒ったり、悲しんだりしています。そんな僕が残した心の記録を、ぜひ読んでいただければ有難いです。

2022年に改訂されたアメリカ精神医学会の診断基準DSM－5では現在、自閉症、アスペルガー症候群、小児期崩壊性障害、特定不能の広汎性発達障害は「自閉スペクトラム症」として統合されていますが、本書では「自閉症」という言葉を使用しています。

もくじ



第一章　神様の体温

## 第二章　四月のやさしさ

# 第三章　るるるの笑い声

## 第四章　ある秋の夜の物想い

## 第五章　一年を振り返らない

# 第一章　神様の体温

しっかりと魔法をかける
冬に向かう自分に
「大丈夫　大丈夫」
どれだけ寒くても
心は凍えないから
（「大丈夫」）

# 神様の体温

新しい年が始まりました。僕の家でも地元の神社に初詣《はつもうで》に行きました。

神社に着くなり、僕は駆け出してしまいます。近くにおられるかも知れない日本古来の神様を探して、あちらこちらと動き回るのです。拝殿の中を覗《のぞ》いてみる。本殿の裏を歩いてみる。ムクロジやイチョウの木の上を見上げてみる。けれど、神様のお姿に接することはできません。ひんやりとした空気が、境内を取り囲みます。

僕が、神様を探している間にも、次々と参拝客が訪れます。どの人も、清々《すがすが》しい気持ちでお参りしているのでしょう。ガラガラという鈴の音、深いお辞儀と手を打ち鳴らす音、みんなの姿を神様は見守ってくださっています。

僕は、神様の気持ちを想像してみます。

(こんなにたくさんの願いを叶《かな》えられるかなぁ)

神様は時々、神社の片隅で、息抜きしているかもしれません。厳かな雰囲気の境内の中では、ため息もつけないのではないでしょうか。

「僕の願いは、後回しでいいです」さい銭箱におさい銭を入れた僕は、感謝の気持ちだけを神様に伝えました。

太陽の光が数本、真っ直ぐに地面に降り注ぎます。

僕は、光をつかむように、片手を差し出しました。光をさえぎっている手のひらが、ぽかぽかします。かざした手の温《ぬく》もりを、自分の頰《ほ》っぺたで確かめます。

頰っぺたが神様の体温になりました。

## 相手の心に寄り添う

言葉というものは興味深いです。

奇声や大声を聞いて振り向かない人も、「あれっ」とか「ほら」という言葉になると注意を向けます。何を指しているのかわからなくても一応見ます。

「わぁー」や「おー」では、だめなのです。その言葉に意味がないからでしょう。

知っている言葉になったとたん、そこに関心は生まれるのだと思います。

文字盤を使わない時の僕は、「あーあー」とか「うーっ」という声で、自分の意思を伝えることが多いです。すぐに言葉が出てこないからです。そんな僕も、声だけは出したい時に出せるようになってきました。

相変わらず、意味のないおかしな声も出てしまいますが、自分が話したい時に声が出せるようになったおかげで、周りの人に自分の気持ちを届けやすくなったと思います。

言葉にしなくても何を言いたいのか察してもらえた、そんな経験は、誰にでもあるでしょう。わかり合おうとする思いと積み重ねた時が、お互いの心をつないでくれます。

「意味のない言葉にも関心が向けられた」「誰かが自分の言葉をわかろうとしてくれた」そんな経験のひとつひとつが、話せない人の心を成長させてくれます。

何とかして気持ちを伝えたいと思うのは、自分の言葉を聞いてくれる人がいるからではないでしょうか。

相手の心に寄り添うことで、大切な絆《きずな》は結ばれます。

# 雪は魔物

昨日から降り出した雪で、辺り一面真っ白になりました。

雪が降ると、僕は見上げてしまいます。この白い綿みたいな氷の結晶が、本当に空から降ってくるのか、まずは確かめたいのです。

ちらちら、ちらちら、舞うように雪は地面に落ちます。体にくっつくと、ほんの少しの間は、そのままの形を見せてくれるのに、すぐにとけてしまいます。

音がしなくても、雪には、空からのメッセージが込められているのではないかと、考えることがあります。しんしんと降り積もる雪。冬になると、この世界を一面の銀世界に変えてしまうのです。

雪片が雲から地上に落下するまで沈黙し続けるから、雪のさざめきを聞きたくなるのです。静けさは、人の注意をひきます。僕は耳を澄まし、雪の言葉に心を傾けます。

僕にとって、雪は魔物です。少女のように純粋で清らかかと思えば、怪物のごとく容赦なく人々に襲い掛かる。同じ雪とは、とても思えません。

僕の肩で、はかなく消える雪は、涙と似ています。美しさだけを思い出に残し、心を慰めてくれます。

春になったら消える。この約束が人々と雪との絆なのかもしれません。

## 意味不明な行事

二月三日は節分です。僕も小さい頃は、幼稚園や家で豆まきをしていました。「鬼は外、福は内」というかけ声と共に、豆を鬼役の人にぶつけるわけですが、僕は、豆が入った「ます」や「袋」を手に渡されたとたん、ひっくり返すので、周りの人たちに注意されていました。鬼退治が目的だと知らず、みんなが豆を投げているのは、豆が入っている「ます」や「袋」の中身を空にするためだと思っていたからです。「この豆は、鬼に向かって投げるんだよ」と言われても、誰が鬼だかわかりません。すぐ側にいる人でなければ、僕の視界に入らないのです。

わざわざ鬼役の人が横に来てくれても、僕は豆を投げません。今度は鬼のお面に気を取られて、自分が豆を持っていることなんて忘れてしまいます。

見かねた人が、僕の手に豆を握らせてくれますが、豆を握ると、これは食べていいのだと思い口に入れます。すると、また注意されます。周りの友だちを見ると、みんなキャーキャー興奮して大騒ぎしています。何だか楽しそう。僕も嬉《うれ》しくなって跳びはねます。

結局、どうしてみんなが逃げ回っているかわからないまま、おかしな変装をしている人（鬼）が僕の目にとまり、鬼に抱きついている間に終了。

豆まきは僕にとって、意味不明な行事だったことは違いありません。でも、楽しかった、いい思い出だったと今では懐かしく思い返すことが出来ます。

ルールがわかっているから楽しいとは限りません。きちんとやれなくても楽しいと思える行事もあります。要するに本人次第だと思うのです。

## やさしさを求め過ぎない

やさしくされると誰でも嬉しいものです。

ただ、どうされることが嬉しいかは、人によって感じ方が違うため、やさしさを客観的に評価するのは難しいでしょう。よかれと思ってやさしくしても、有難迷惑なことだってあります。やさしくしたのに、おせっかいだと言われたり、出しゃばりだと思われたりするなんて哀しいだけですが、いらぬ世話を焼かれた方も大変ではないでしょうか。

まなざしや雰囲気でも、やさしさは届けられるかもしれませんが、かなり曖昧《あいまい》です。心の中で思っているだけでは、相手に自分の気持ちを伝えられない。結局、その行為がやさしかったかどうかは、受け取る側の気持ち次第なのです。

困るのは、こうすることがやさしさだという固定観念に縛られている人がいることです。

やさしさに決まりきった型などないと思います。

あの人はやさしい、と周りの人が褒めても、やさしくされた人が、そう感じなければ、それは、やさしさではないのでしょう。

やさしさは義務ではなく、さりげない気遣いです。だから、やさしくできなかったと落ち込む必要もないし、やさしくされなかったと悲しまなくてもいいのです。

やさしさを求め過ぎるが故に、過剰なやさしさが世の中に蔓延《まんえん》しないことを願っています。過剰なやさしさとは、自分が考えるやさしさを相手に押し付けたり、無理な要求をしたりすることです。

成熟した社会というのは、やさしさという名の善意に頼り過ぎない社会ではないでしょうか。

## 湯煙のなかの瞑想

温泉の露天風呂《ぶろ》に入りました。気持ちが良い、まさに極楽です。家でも毎日お風呂に入っていますが、外気に触れながら入浴できるのは、露天風呂ならでは。温泉に入るために、その土地まで出掛けること自体、贅沢《ぜいたく》そのものです。

温泉のお湯にぼーっと浸《つ》かっていると、気持ちがゆっくりと溶けていくような感覚になります。ここにいるのは僕だけど、僕ではない。これが、非日常ということだと思います。おかしく聞こえるかもしれませんが、僕は普段と異なる環境にいると、どうして自分が今ここにいるのか、だんだんわからなくなってくるのです。いつも家で入浴している時間に、お風呂場にいるはずの僕がいません。自分はひとりしかいないのだから、そんなの当たり前だと考えるのが常識です。

人は、どこにでも移動できるせいで、ここにいるのが自分だと信じて疑いません。それは、正しいのでしょうか。人と時間と場所との関係は、もっと複雑なものではないのかという疑問が湧いてきます。

もしかしたら時間は、過去から未来へと一直線に進んでいるわけではなく、円を描くように何層にも絡み合い、その場所にとどまっているのではないでしょうか。時間が流れているように感じているだけで、現実とは人の記憶がつくった錯覚のような気がしてなりません。

その昔、地球が丸いことを人々は信じませんでした。人が知らない真実は、まだまだあるに違いないのです。

温泉に浸かりながら、家のお風呂に入っている自分を空想する。この違和感をどうしたら拭《ぬぐ》えるのか、湯煙に包まれながら、僕はひとり瞑想《めいそう》しました。

## 特別な2×7＝14

小学生の時習ったかけ算は、とても覚えやすかったです。式も答えも決まったパターンで記憶すればいいからでしょう。

僕が一番気に入っていたのは、2×7＝14（にしちじゅうし）です。

2の段は、九九の中で1の段の次に簡単です。

2×1＝2、2×2＝4、2×3＝6、2×4＝8、2×5＝10、2×6＝12、2×7＝14、2×8＝16、2×9＝18で終わり。

2×7＝14の所になると、僕の発声のリズムは微妙に変わります。どの式にもリズムがあるのかもしれませんが、2×7＝14には、特別な響きを感じます。少し言いづらいですが、音がかわいいと思います。

九九は、何度も口に出して唱えなければ覚えられません。ただの数字の並びだと思っている人もいますが、それぞれの九九には違いがあり、個性を感じます。

僕は、どんなに九九が得意になっても、2×7＝14だけは、少し丁寧に発音します。そうすると、その後の九九も上手に言えるからです。

2×6＝12まではウォーミングアップ、2×7＝14が終わったら、いよいよこの先が九九の本番、9×9＝81まで一気に声高に暗唱します。

九九を唱えていると、楽しい気分になります。僕の耳には、九九が算数というより、念仏に聞こえることがありました。一所懸命に唱えていると、必ず幸せになれる。そんな気分に浸れたのです。

# コンビニ観察

コンビニから出てくる人を見ていると、いろいろな人がいるのがわかります。子どもからお年寄りまで、多くの人が、小さな袋をさげて足早にお店から出てきます。車で来店する人が多いですが、自転車や歩きの人も結構います。

僕は、時々仕事場の窓からコンビニの様子を観察することがあります。誰が何を買ったかではなく、その人が、どんな気持ちでいるのかを想像するのです。

表情が嬉しそうだとか、悲しそうだというのは、案外見ている人の主観が入っているのではないでしょうか。人は、簡単には心の中を見せてくれないものです。

僕が注目しているのは、その人が何気なくしている細かい仕草です。

仕方ないという風に肩をすくめたり、誰もいないことを確かめ袋の中を覗いたり、お店から出てきて数秒の間に無意識にしてしまう行動から、その人の気持ちを想像します。

人に注目することの何が楽しいのかわからないと言う人もいるでしょう。僕も、楽しいわけではありません。でも、なぜだか見てしまうのです。車の好きな人がスポーツカーを目で追うように、花の好きな人が、道端のタンポポを眺めるみたいに、僕は人が普段しない行動を見つけると、それに目がいくのです。そして、その人の心の声を代弁したくなります。

心は見えないのに、ふとした瞬間の行動で、謙虚さや欲深さがわかります。人は、哀しいくらい正直な行いと共に、心の有りようを覗かせてくれます。そんな姿に僕は惹《ひ》かれてしまうのだと思います。

人が苦手なくせに愛《いと》おしい。僕の日課は、人間観察から始まります。

## 意識と無意識の間で

久しぶりに風邪を引いてしまいました。幸い一日で熱は下がりましたが、高熱が出ている間は、しんどかったです。

体がだるくて、起き上がることもできません。その夜は、こんこんと眠り続けました。こうなると、自分が何をしているのかもわからず、暗黒の世界に引きずり込まれてしまうような感覚に襲われます。この闇の向こうに何があるのか、自分がどうなるのか、考えている余裕もありません。体がふわふわと宙を漂い、時間と時間の隙間に挟まれ、どこかに流されていくような感じになります。その流れに逆らうように、僕は重い体を持ち上げ寝返りを打ちます。意識が遠のき、自分が自分でいられません。気がついた時には、数時間が経っていました。

僕は寝ている間、夢を見ていました。夢の中で、僕は道の真ん中に立っていました。辺りは暗くて誰もいません。こんな所にいてはいけないと思うのですが、どこに行くべきか迷います。立ちすくんで空を見上げると、渦を巻いた不吉な灰色の雲が目に入りました。見てはいけないものを見てしまった罪悪感に縛られながら前を向くと、向こうから誰かがやってくる気配を感じます。僕は驚いて逃げようとしましたが、手足を動かしてもその場所から移動することは無理なのです。

もがき続けているうちに、徐々に意識がはっきりしてきました。深い眠りから覚めるというより、生死の境をくぐり抜けるという状態に近いような気がします。

体が病気と闘っている間、僕の心は何もできません。意識と無意識の間をさまよい、いつ開くともわからない現実の扉が開くのを、じっと待ち続けるだけなのです。

## 宇宙の出来事

こんなにきれいだとは思いませんでした。これが、皆既月食を見た直後の僕の感想です。それほど楽しみにしていたわけではないのです。月食は、宇宙の法則のひとつに過ぎないと思っていたからです。

宇宙の出来事は、人の暮らしとは、かけ離れた現実ですが、昨夜、運良く目にすることの出来た月は、これまでで一番美しく輝いて見えました。

光と影が織り成すコントラスト、神秘的な赤銅色の月は、宇宙という空間に、太陽と月と地球が確かに存在していることを改めて僕に教えてくれました。

美し過ぎる月は、時に不安を駆りたてます。

僕は、いつもと違う月の美しさに目を奪われながら、皆既月食後の普段の月を待ち続けます。

月は女神のような存在ではないでしょうか。やさしい光で心を照らし、暗い夜に寄り添ってくれる。逃げ場の欲しい人々は、微笑む月に救いを求め、手を合わせます。それは、大昔から永遠に続けられてきた習わしでもあるのです。

月食は古代の人たちの目に、どう映ったのでしょう。信じられないような光景を前にした大昔の人たちの動揺を思いやります。

どこで誰が月を眺めていても、自分には知るよしもない。それでも同じ月を他の人も見ていると思えた時、勇気と希望がわいてきます。

月が存在すること、そのものに意味があるのだと思います。

月を見ている自分の存在をも認めてもらうため、今日も人々は祈り続けるのでしょう。

## 時間に関する疑問

僕は、自分の部屋に時計を置きません。時計がなくても寝坊することは滅多にないのです。毎朝6時前には目が覚め、別の部屋に置いているデジタルの置き時計を取りに行き、もう一度布団に潜り込みます。それから、6時ちょうどになると布団から出て顔を洗います。

昼間自分の部屋にひとりでいることが少ないせいか、部屋に時計がなくても、あまり不便は感じません。

時計がないことの利点もあると思います。それは、まさに時間がわからないことです。

僕は時間が気になり過ぎて困っています。だから時計がない部屋は、僕にとって逆に居心地がいい空間です。

リラックスしたい時には、時計のない部屋に行きますが、かといって完全に時間から逃げられるわけではありません。時計がない部屋でぼんやりしている僕の頭に浮かぶのは、やはり時間に関する疑問。

確実に存在しているのは、いつも今だけ。この瞬間は、次々と過去になっていきます。未来だと思っているものさえ、やがて過去になるのです。どのくらい自分が時間を積み重ねたのか、すべて記憶の中にしか残りません。そして、寿命がつきると、僕という人間はいなくなる。

その時、僕が生きた時間はどうなるのでしょう。過去と呼ばれる時間の中に、閉じ込められるのでしょうか。

生きている実感が記憶の中にしかないのなら、人の死は何を意味するのでしょう。

僕が時間から解放されることはありません。それでも、時計から離れている間、僕の「今」は少しだけ広がるような気になるのです。

## 今日を間違わない

僕は、自分がいつ、どこで何をしたのか、記憶はあいまいですが、今日が何日で何曜日かを間違えることはありません。自分がそうだから、他の人も同じだと思っていました。

今日という日は、今日しかないのです。どれだけ似ていても、全て別々の日なのです。今日が何日かわからずに過ごすなんて不安だと思います。

でも、家族は時々、「あれっ、今日は何日だっけ？」「明日《あした》、木曜日だよね？」などと言うことがあります。家族の中で、僕だけは絶対に日にちや曜日を間違えないので、最後には僕に日付を確認する始末です。

どうして、日にちや曜日がわからなくなるのでしょう。

日付は、未来永劫《えいごう》変わることはないにもかかわらず、記憶が混乱するのが腑《ふ》に落ちません。

日にちは連続しています。その流れは、みんなの頭の中では、一直線に並んでいる数字の上を順番に歩いているような感じなのかも知れません。だから、よそ見をしていると、どこを歩いているのかわからなくなり迷子になるのでしょうか。

僕の場合は少し違います。僕が数字の上を歩かなくても、日にちの方から僕のところへ押しかけてきてはくれるものの、その日が終わると、日にちは勝手に僕から離れ、好きなところに行ってしまうのです。

今日を間違わないというのは、特別威張ることではないでしょう。けれど、日付という時間の経過の中で、今日という日を僕は十分に理解できている。その事実は、僕が生活する上での安心材料のひとつとなっています。

## 僕のバレンタインデー

今日は、バレンタインデーです。日本中いたるところで、チョコレートをもらった人が喜んでいることでしょう。僕も午後のおやつは、チョコレートを食べることになっています。

僕の頭の中でバレンタインデーというのは、女性から告白される日という認識はありません。では何か。ずばり、チョコレートをたくさん食べていい日です。それも、普段は食べることのない高級チョコや珍しいチョコレートが、お腹いっぱい食べられる夢のような一日なのです。

小さい頃は、どうして、この日だけチョコレートをたくさん食べていいのか不思議でしたが、その理由がわかったのは、いわゆる年頃になってからです。

みんながバレンタインデーのために、わくわくどきどきしているのを見ても、僕は特別何とも思いませんでした。外国でお祭りが行われているのをテレビで見ている感覚に近かったです。こんなイベントがあるんだなぁと感心はしても、自分がそのお祭りに参加している姿を想像するのは難しいのです。それでも、誰かからチョコをもらえると嬉しかったです。番組の視聴者プレゼントに当たったみたいに「やった！」とうきうきしました。

僕のバレンタインデーは、チョコレートをパクパク食べてもいい日。甘い物は食べ過ぎないように気をつけている家族も、この日ばかりは、みんな笑顔でチョコレートを頬張ります。

本来のバレンタインデーの意味とは、かなりずれていますが、僕が二月十四日を楽しみにしている気持ちは、みんなと同じだと思います。

## 助けて欲しいと言われたら

誰でも困ることがあれば、大変だと思うでしょう。けれど、何が大変かは、人によって違います。

生き辛《づら》さを抱えている人が、自分のことをわかってもらえれば、きっと誰かが助けてくれると信じても、その願いが叶うとは限りません。苦労せずに生きている人などいないのです。みんながそれぞれに自分だって大変だと言い始めたら、どうなるのだろうと考えることがあります。

大変だから助けて欲しいという気持ちは当然です。それが悪いわけではありません。これまでは、助けてあげなければいけない人という枠が、今よりはっきりしていたような気がします。

文明は発展しているのに、楽に生きられる人は減っています。それは、人口が減少しているせいだとか、高齢化が進んでいるからとか、いろいろな理由が挙げられるでしょう。

でも一番の原因は、自分の人生のゴールが見えにくくなったからではないでしょうか。

自分の夢が叶えられないのです。希望する職業に就いたり、好きな人と結婚したり、老後にのんびりしたりなど、自分のイメージした人生設計が達成できないまま年を取ることに対して、不安が強くなっているのだと思うのです。

だからどうするのかを社会全体で考えなければいけないのですが、世の中は助けてもらいたい人だらけで、生活するうえでの息苦しさは増すばかりです。

助けて欲しいと言っている人が、誰かに助けてと言われたら、どのように答えるのでしょう。その返事を問われる時代が来たのかもしれません。

## 僕なりの努力

スポーツ競技を見ていると、同じ人間とは思えない体の動きにびっくりします。どうして、あんなことができるのだろう、僕にとっては信じられない気持ちの方が強いです。自分もやってみようなんて思うことすらありません。僕とは別世界の人たちなのだと、ただただ感心するばかりです。

体というのは、こんな風に動いて欲しいと念じれば、その通りに動くわけではない。それが、自閉症の僕がこれまで生きてきてわかったことです。

僕の場合、たとえば、右に向かって歩かなければいけないと思っても、気が付けば左に歩いていることがあります。足が勝手に僕を連れて行くとしか言いようがないのです。足というよりは、脳がそう指令を出すのでしょう。

手は、すぐに関係のないものをいじったり、手遊びを始めたり、やはりこちらも、僕の言うことなどまるで聞いてはくれません。

手と足だけならまだしも、目や耳、口など他の体の器官も自分のやりたいことを始めてしまえば、お手上げ状態となり、やめなさいと指令を出す気力も失せます。もう、どうしようもない。あきらめ気分で、体の各部分が沈静化して収束するのを待つだけです。

落ち着いたら、反省会が始まります。今度は僕が体の各部分に注意をする番です。スポーツ選手とはかなりレベルは違いますが、自分に勝てるよう、これからも努力を続けたいと思います。

## これくらいってどれくらい

「これくらいは許される」という見解は、人によって違います。その人の倫理的な価値観につながっているようにも思います。

何をしていいのか、悪いのか、全ての物事は、自分で判断しなければなりません。「これくらい」がどれくらいか、回数や程度で簡単には決められないのです。自分だけではなく、周りの人も同じ捉《とら》え方であることが必要になります。

自分の感覚が世間の価値判断とずれていて、批判を浴びたことはないですか。「これくらい」が容認される範囲の見極めは、至って難しいのが現実でしょう。

「これくらいはいい」が許される状況は、ある意味、やさしい社会なのかもしれませんが、「これくらいはいい」の解釈が広がり過ぎると、社会の規律は乱れます。「これくらい」に明確な基準はないけれど、何となくみんなわかってくれるし、許してくれる。「これくらいは許される」を認めることで、自由の幅は広がるに違いないのです。つまるところ、「これくらい」は自分の行動に対する言い逃れのために存在する言葉のような気がします。

常に常識を求められる毎日、窮屈になりがちな生活に潤いをもたらすのは、ともすると、はめを外したかのような少し子どもじみているくらいの行動なのでしょうか。

物事の善悪は、いいか悪いかでは決められないものがほとんどです。だから「これくらい」は、どれくらいかわからない、あいまいな表現で、ちょうどいいのかもしれません。

## 一言一句に作家の魂

僕の著作が、ある大学の入試問題に出題されました。

僕も問題を読んでみましたが、どう答えればいいのか、迷ってしまう問いもありました。

入試では、作者が読者に何を伝えようとしているのか、その理解度を確かめる問題が多いと思います。文章に込めた作者の思いを読み取り、それに対する自分の意見をしっかり書くことが重要なのでしょう。

作家の世界観は、文章の一部を抜き取って解釈しようとしても難しいものがあるような気がします。一冊の本を最初から最後まで読まなければ、わからない視点もあるのではないでしょうか。短い作品にも、一言一句に作家の魂が込められています。

出題されている文章を掲載した本を読んだことがあるなら、有利になるかもしれません。作者がどんな人物かまで把握できているのであれば、問題の意図も想像し易いからです。

一冊の本の中には、その本の中で伝えようとしている作者の思いが、いたるところに表現されています。出題された文章だけでなく、本全体の印象からも参考になる解答のヒントは見つけられると思います。

入試で初めて出題された文章を読む場合は、「おもしろい」とか「この続きは、どうなるのだろう」などと考える余裕はないでしょう。受験生にとっては、問題の文章を読み解き、いい点数を取ることが一番の目標になるに違いありません。正解を探している間、解答者の心にあるのは、採点する人が、自分の答えをどう評価するかではないでしょうか。

記述問題の場合、高い点数がつけられる解答とは、どのようなものだと思いますか。

僕にはわかりませんが、僕の文章を目にしてくれたことで、本を読んでみようと思ってくれる受験生がいれば、作者としては嬉しいです。

## 結構得意

僕は、洗濯したタオルを畳むのが、結構得意です。

タオルの端と端を重ね合わせ、何度か折り、畳み終えたタオルを次々と積み重ねます。タオルが倒れないように重ねるためには、タオルを手のひらで少し押してから、その上に畳んだタオルを置きます。上のタオルは、下にあるタオルの形通りにはみ出さないよう、きれいに重ねます。積み重ねることに一所懸命になり過ぎて、畳み終わると、重ねたタオルが思った以上の高さになっていることもあります。

こういうセンスは、教えてもらったからできるようになったというより、元々の自分が持っている特性に関係しているような気がします。

僕は、あまり几帳面《きちょうめん》ではありませんが、昔から立体や列の並びに対してのこだわりが強いです。同じ物が整然と整列しているのを見ただけで、楽しい気分になります。

わくわくするし、どきどきするのです。

規則性は、僕の美学の重要な要素でもあります。だから、形や種類の違うものがあると違和感を覚え、取り除いたり、並べ直したりしたくなる。そんな遺伝子が、僕の中に組み込まれているのかもしれません。

フェイスタオルはフェイスタオルで重ね、ハンドタオルはハンドタオルで重ねる、などということは言われなくてもやれます。

僕はタオルをきちんと畳めない人を見ると、不思議に感じます。

いつも他の人から、「どうして、こんなことが出来ないの」と言われて困っている僕なのに、タオルがきちんと畳めない理由をその人に聞きたくなるのです。

## 思考し過ぎる脳

自分の体が疲れているかどうかを、僕はあまり意識できません。顔色が悪いとか、熱っぽいとか周りから言われて、これが疲れている状態だということを知りますが、それでも自覚することは難しいです。

一方で脳が疲れているかどうかは、すぐにわかります。

僕は思考し過ぎる癖があるので、そうなると頭の中が金縛りにあったみたいに動かなくなります。考えようとしても、考えられなくなるのです。悲しいことがあっても、何が悲しいのか、嬉しいことがあっても何が嬉しいのか、よくわからなくなってきます。けれど、脳が疲れていても、体の元気や食欲は失われてはいません。ただ、周りで起きている出来事に対して、思考がついていかなくなるだけだと思います。

今いる風景の中で、自分だけ消えてしまったみたいに物事が進んでいくように感じたことはありませんか。透明人間になった僕は、その時間、別次元にワープしたかのように、自分という人間の実体さえどこにあるのか、だんだんと認識できなくなります。こうなってくると脳に休息が必要です。

脳が回復するまでの時間は、数分で済む時もあれば、一晩かかる場合もあります。そんな夜は夢も見ずに、こんこんと眠り続けます。回復するために一番効果的な方法が、眠ることだからです。脳が回復すると、もう一度思考を始めます。目が覚めれば、僕は再び自分の姿を、はっきりと感じ取れるのです。

僕の脳は、いつもお祭り騒ぎをしています。何をするにもやり過ぎてしまうのです。些細《ささい》な刺激に反応したり、これ以上ないくらい舞い踊ったり、考えることに対しても制限を設けません。だから限界が来ると、脳は外界を遮断して、脳そのものを守ろうとするのでしょう。

僕が自分を守るより先に、脳が僕を守ってくれる。考えてみれば、有り難い話です。

## 雛人形が怖かった

昔は、僕の家でも雛《ひな》人形を飾っていました。

小さい頃は、その人形が少し怖かったです。何だか不気味に見えたのです。


人形の顔が怖かったのだと思います。笑っていないからでしょうか。それとも、昔の人のような顔立ちだからでしょうか。理由は、はっきりと覚えていません。

規則正しく並んでいるひとつひとつの人形は、各々、置き場所や持ち物まで決まっているのが不思議でした。

物に関していえば、僕は定位置が決まっていると安心しますが、これは几帳面とは少し違うと思います。あるべき所にあるのが正しいという感じなのです。

雛人形を手に取っては親に叱られました。数年経つと、僕が雛人形を触ることはなくなりました。それは、毎年全く同じように雛人形を飾ることがわかったからです。

お雛様と一緒の三月は、とても華やかでした。雛人形を眺めながら家族でお祝いをしました。これは災いが振りかからないように、幸せな人生を送れるようにと、女の子のすこやかな成長を願う日本古来のしきたりなのです。女の子であることをねたましく思えるほど、雛人形は立派です。

雛人形の顔は、今も忘れません。格調高く凜《りん》とした姿は、人形の最高位といえるでしょう。雛人形は、人の心に深く突き刺さるような表情をしています。

どうして人形の顔が怖かったのか、今わかりました。雛人形に心を見透かされていると感じたからでしょう。僕の気持ちを人形は見抜いてしまう。胸の奥に閉じ込めていた大切な思いを。

大人になった僕が雛人形を怖がることは、もうないです。

## 言葉が友だち

僕は、小さい頃から書くことが好きでした。

文字が目に飛び込んでくると、なぞらずにはいられない。書こうとしても鉛筆がない時には、空中にまで文字を書いていたのです。

目に映った文字を脳が記憶しようとするのです。定着させるためには、書いて覚えなければなりません。一回書いたら、すぐに次の単語に移ります。そうした方が、たくさんの単語を覚えられるからです。

空中に文字を書いている時の気分は、それほど楽しいわけではないです。どちらかというと大変です。試験の前日に一夜漬けで英単語を覚えているみたいな気分に近いと思います。覚えなければいけない単語は、山のようにあるからです。

文字を書いている間、僕は文字しか見ていません。

外だと「前を見ないと危ないよ」と叱られますが止められないのです。だから、急いで指を動かします。

町の中には、言葉があふれています。僕は看板や置いてある商品からも言葉を拾います。難しい漢字も難なく覚えられました。言葉は僕の友だちでした。

僕は喋《しゃべ》れなかったので、人といるより文字といる方が、気が楽だったのでしょう。

それではいけないと、みんなは何とかして、人に関心を持つよう僕に働きかけてくれました。でも、僕は変わらなかった、簡単には変われなかったのです。

そんなこんなでここまで来ましたが、今は言葉と同じくらい、人に興味を持っています。あきらめず、幼い僕に愛情を注いでくれた人たちのおかげだと感謝しています。

## 卒業式の空

卒業とは旅立ちです。同じ教室で学んだ仲間が、それぞれの道へと進むための区切りなのです。

僕は今でも特別支援学校中学部での卒業式を思い出すことがあります。大切な思い出を、そっと両手で抱えている。これが、僕の卒業のイメージです。

卒業式では、もう二度と訪れることのない日々をひとりひとりが懐かしみ、最後の時間を全員で共有します。

来るべき時が来た。今日はいつもと違う一日だと、僕は朝から気持ちの切り換えに必死です。卒業式の式典が始まると、感謝の気持ちを親や先生にうまく伝えられるか心配しながら、明日からの日々を憂《うれ》います。自分のことに精一杯で、とても友だちとの別れがつらいなどと考えている余裕がありません。それでも、卒業の歌をみんなで合唱すると、共に過ごした思い出の数々が頭に浮かんでは消えていきます。胸が一杯になり、涙が滲《にじ》むのです。

僕にも、宝物のような時間があったのです。昨日までの日々に別れを告げ、思い出が傷つかないよう大事に胸の奥に仕舞い込みます。

卒業式が終わると、涙ぐんでいたみんなも笑顔になります。先生と写真を撮ったり、肩を寄せ合い友だちとおしゃべりをしたりして、和やかなひと時を過ごします。

さようならの言葉を交わし、教室を去る僕たち。帰り道の途中で、僕は振り返り校舎を眺めました。

校舎の上には広々とした空が広がっています。

あの空の向こう側へ。

こうして僕たちは、新しい世界へと歩き始めました。

## 夕焼けが教えてくれる

地平線に近い空がオレンジ色や赤で染まる夕焼けを見られた日は、幸せな気分になります。生きていて良かったと素直に思います。

夕焼けを見ただけで、そんな気分になれるのは、すごいことです。これは人間だけに備わった感性かもしれません。

僕は小さい頃、夕焼けは、昼と夜の線引きのために存在しているのだと思っていました。ここまでが昼で、ここからが夜、空に区切りがあれば、人間の目にもわかりやすいと考えたのです。きっと、本当の夕焼けの美しさなど知らなかったのでしょう。

その頃の僕は、みんなとの違いに悩み、将来に希望も持てず、この世から消えてしまいたいと思っていました。毎日が苦痛でしかたありませんでした。

誰にも気持ちをわかってもらえない。疲れ果てた僕は、将来について自分の頭で考えることはやめようとさえ思いました。全てどうしようもないこと、それが僕の出した結論だったのです。

心が動けば、すぐに興奮してしまう。注意されても、動物みたいに動いてしまう。みんなに迷惑をかけ困らせる。これではまるで、人間の姿をした獣だ。僕は泣きました。自分を持て余し、泣いて泣いて暴れました。

そんな僕を、家族は見捨てませんでした。生きていれば、いいことがあると教え続けてくれたのです。

「ほら、夕焼けだよ」

ある日、母が空を指さしました。僕は、母の人差し指を見つめます。

「嫌だなぁ、指じゃないよ、向こうの空を見て」

母が僕の頭を両手で包み、顔を西の空に向けました。

僕の瞳《ひとみ》に映ったのは、燃えるように輝くオレンジ色の空。信じられないほど美しい世界が、目の前に広がっていました。

ああ……今日という日を生き抜いた者だけが目にすることを許される風景。僕の魂が震えます。

夕焼けをきれいだと感じられる。この事実は、人間としての僕を世界が受け入れてくれていると思うのに十分な証拠となったのです。

コラム

# 僕のコミュニケーション方法

僕はカードで言葉を覚えましたが、それは僕が目で見て覚えるのが得意な「視覚優位」という特性を持っていたから有効だったような気がします。でも視覚だけに頼っていては、言葉を使えるようにならなかったかもしれません。僕の場合、会話の中などで何度も繰り返し聞くことで、言葉の使い方を覚えることができたのだと思います。

僕に言葉の遅れがあったので、母はたくさんカードを見せてくれました。市販のカードを何種類か購入していたみたいですが、それほどたくさんの種類のカードはなかったので、本や図鑑を切り抜いてカードを手作りしてくれました。

たとえば「猫」を例にあげると、1枚の猫のカードだけではなく、さまざまな種類やいろいろなポーズの猫のカードを僕は見たことになります。「猫」を猫だとわかるためには、猫の特徴を知らなければならないのです。

でもこれは、自分で理解するというより、脳がデータを収集して猫の特徴を把握する作業になるのではないかと考えています。大量のカードはそのためのデータです。

僕のように他の人が指をさした方を見て、意思疎通をする「共同注視」ができない子どもに、カードをつかって猫を教えても、実物の猫が、そのカードと同じ猫だということを理解させるのは難しいでしょう。

ものは数えきれないほどあるので、すべてのものをカードで教えることは不可能だと思います。けれど、猫が猫だとわかるようになれば、いずれ犬を犬だとわかり、コップをコップだと理解できるようになるのではないでしょうか。

ものには、名前があるということを知ることが重要なのだと思います。それがわかれば、時間がかかっても言葉の理解は自然と広がるような気がします。

言葉は単独では意味を持ちません。

僕の小さい頃の愛読書は、子ども用の言葉絵辞典でした。絵と文章で単語の意味が書いてあり、例文も載っています。

僕は文字が好きだったので、言葉絵辞典の中で自分の知っている文字を見つけるのが楽しかったです。そのうち、知っている単語も探せるようになりました。単語がわかれば、文章も少しずつ読めるようになります。例文は、どんなときに使うのかわからなくても、そのまま記憶できました。

僕はパズルも好きだったので、ひとつひとつの単語は、パズルのピースみたいだと思っていました。そのピースは、いつも同じ位置にあるわけではありません。さまざまな単語の組み合わせで文章が成り立っているのだと気付いてからは、言葉の理解が一気に進んだような気がします。言葉絵辞典で文章を覚えるのは、言葉のコレクションが増えていくみたいで楽しかったです。

言葉の表出は、言葉の理解とは、また別の問題ではないでしょうか。言葉を理解していても言葉の表出ができないために苦しんでいる自閉症者はたくさんいると思うのです。

僕は、話そうとすると頭の中が真っ白になって、言いたかった言葉が消えてしまいます。忘れてしまう言葉を思い出すために文字盤をつかっています。

僕の文字盤は、パソコンのキーボードと同じ配列のアルファベットを画用紙に書いたものです。ローマ字打ちで文字を指しています。

文字を指すときに大切なことは、集中と選択だと思います。

文字盤に集中する訓練をすることで、思い出すという作業が容易になります。

文字盤を見て言いたかった言葉が思い出せるという感覚は、有名人の名前が思い出せたときの感じに近いような気がします。頭文字の一字をヒントに「そうそうこれだった」と単語や文章を思い出すのです。

僕は「言葉がわからないから」「言葉が言えないから」文字盤が必要なわけではありません。話そうとすると忘れてしまう言葉を思い出すために文字盤を使用しています。

僕が言葉を表出するためには「手がかり」がいるのです。僕にとって文字盤は、言葉を引き出すための道具なのです。

# 第二章

# 四月のやさしさ

大急ぎで歩いていたら　亀から笑われた
大急ぎで食べていたら　羊から笑われた
大急ぎで跳びはねたら　カラスから笑われた
何もしなかったら　人から笑われる
こんな僕だけど　笑いながら毎日を過ごしている

（「笑」）

# 春という季節の力

眩《まぶ》し過ぎるくらいの明るい春の日差しは、僕の心を軽くしてくれます。日本のどこかに雪が残っているなんて信じられません。辛《つら》いことは忘れて外に出ようと、春が誘ってくれているみたいです。

どうしようかと迷う暇もなく、僕は靴を履きます。うららかな春の陽気が手を差し伸べてくれます。

暖かい風に背中を押され歩き出します。薄い水色の絵の具で塗り固めたような空には、お日様の光をさえぎるものは何もありません。いたるところがぴかぴかしています。今にも、土の中から芽が出て、そこら中に花が咲きそうです。

「ああ、いい天気」僕は、ぐるりと周りを見渡します。道行く人の表情も柔らかい。春だ、春が来たのです。僕の目にもはっきりとわかります。誰もが待ち望んでいたこの日。

春になれば何かが変わる、そう考えている人も多いでしょう。卒業を迎える人、新しい生活の準備に追われる人もいると思います。

この春、僕自身に大きな変化はありません。それでも、新しいスタートだと感じさせてくれるのが、春の力だと思います。

まだ、まだ、まだ。

うぐいすの鳴き声が聞こえないか、僕は耳をすまします。

新しいスタートのホイッスルが鳴るまでに、光り輝く景色に似合う自分らしい目標を見つけたいです。

## 花たちの幸せ

この時期に気持ちが上向きになるのを感じると、人間も動物なのだと再認識します。僕の心もうきうきします。僕にとっては目覚めの季節です。

僕は、冬眠していたわけではないですが、春になると少し、しゃきっとします。

なんていい気持ち、うーんと背伸びをします。「ウヒャー」訳のわからない声がお腹の中から飛び出してきます。

一皮むけたような皮膚、紅潮した頬、僕は体ごと覚醒《かくせい》したに違いない。きっと新しく生まれ変われたのだ。そんな錯覚をしてしまうくらいにいい気分、どうしてでしょう。

春だからです。新芽が出てくる、羊の赤ちゃんが誕生する、モグラが顔を覗《のぞ》かせる、あちらこちらで命が輝きます。僕の体も春の訪れを察知し、見映えを良くしようと頑張っているに違いありません。

時折、昼間でもつらつらと夢を見ることがあります。体ごと宙に浮く夢。僕は蝶《ちょう》だったのか。人間の姿をした羽のない蝶、花を求めてさまようけれど、きれいな花は、僕に見向きもしてくれません。

目が覚めて、自分が蝶ではないことに気づきます。街では、色とりどりの可憐《かれん》な花が並んでいます。ここでも花はやはり僕に知らん顔。

でもいいのです。

そこにいるだけで、みんなを幸福にしてくれる花たちが、この春、自分の美しさに気づく瞬間が訪れることを僕は祈ります。少し離れた場所から、花たちの幸せを、ただ見守ります。

## 揺れ続ける体

前後に小さく体を揺らす。僕は、じっとしているのが苦手です。体を動かさない状態でいると、次第に自分の周りが揺らぐ感覚に襲われます。そして、少しずつ体が後退していくような錯覚に陥るのです。その感覚に抵抗するかのように体を揺らし続けると、この違和感は消えます。

動かないという受け身の状態から、自分が主体的に行動するという能動的な状態に変わるからでしょうか。

「僕はここにいる、僕はここにいる、僕はここにいる」

一定のリズムで体を揺らします。体が揺れている間は脳も揺れます。前に後ろに、音楽を聴きながら拍子を取っているみたいに。

動いている方が、僕の脳はリラックスするのです。

体と頭を同時に揺らすことで、じっとしていても、前に前に進んでいるような気分になれます。

「ここに僕がいる、ここに僕がいる、ここに僕がいる」

それは、まぎれもない事実。

瞼《まぶた》を閉じ、人差し指で両耳を塞《ふさ》ぎ気持ちを落ち着かせます。

自分自身に言い聞かせなければ、僕はこの世界になじむことが出来ません。

自分の居場所を確保するために、この体は揺れ続けるのです。

## 花の命は短くて

桜の開花が始まり、近所の公園はピンク色に染まりました。その場所だけ別世界のようです。開いたばかりの花びらは、生後間もない赤ん坊の手のひらに似ています。ふわふわしていて柔らかく、清らかです。自分が誕生したことに、まだ気づいていないかのように眠り込んでいるイメージがあります。

桜の花びらが目覚めないよう、僕は声も出さず、そっと見守ります。

数え切れないほどの花びらは、美しいとしか言いようがありません。この日に花開くことを申し合わせていたみたいに、ほとんどの桜が開花しました。

桜咲く、桜咲く、桜咲く。

なんて、いい響き。

僕は胸を躍らせます。少し離れたところから拍手を送ります。

「花の命は短くて苦しきことのみ多かりき」林芙美子《はやしふみこ》さんの詩が頭をよぎります。

桜散る、桜散る、桜散る。

なんて、はかない姿。

これから桜の花に、どのような運命が待ち受けているのだろう。

心配している僕に桜が言います。

「どうか悲しまないで、ひとりじゃないし。こんなに短い命でも、私たちは幸せなの。生まれたことに意味がある」

さっき開いた花びらが、笑いながら空に舞い上がりました。

## 個人旅行っぽい毎日

僕は、春という季節には、あまりいい記憶がありません。

僕が環境の変化に対応するのが、苦手だからだと思います。

小学生の頃、新年度が始まると、団体旅行で一人ぽつんと旅先に取り残されたような気分になりました。悲しくて寂しい、二度とこの場所から家に帰れなくなるのではないか、と心配する気分に似ています。心配がつのると、だんだんと恐怖を感じ、僕の体は焦り始めます。自分がいるところがどこだかわからなくなり、自分が知っている目印を探さなければいけない、そんな気分になります。

「あったぞ、知っているマークを見つけた」僕は駆け出します。

マークの前に立ち、確認します。「これだ、これだ、間違いない」僕はマークを手でさわり満足します。それが終わると「あれっ、ここはどこかな」とまた思います。おかしいぞ、おかしいぞ、僕の体が揺れ始めます。止まらない、止まらない、止まらない。自分で体を揺らしているにもかかわらず、この揺れは、地面の震動に違いない、いつ止まるのだろうと困っていると、誰かが僕の手を引っ張るのです。何だろう、この人は誰だろう。僕は、その人の腕を見ます。みんなの所に行きたいのに、知らない人に連れて行かれる。「助けて!」その人の手を振り払い、逃げる僕。

ハァハァ、今日はやけに暑い。空を見上げた僕の瞳《ひとみ》には桜の花。そういえば前にも、こんなことがあったような気がする。あれは、いつのことだったのか。

学校に行ったはずなのに、気が付けば、僕は家にいるのです。

こんな不穏な状態を繰り返しながら、徐々に自分の脳と体が現実になじんでくるのが、毎年の春の過ごし方でした。

大人になった僕が、環境の変化に戸惑うことは少なくなりました。それは、みんなと同じことを要求される団体旅行みたいな日常は無理だと悟り、自分のペースで動ける個人旅行っぽい毎日に切り替えたからだと思います。

## 僕が鳩を追い立てる理由

近所の公園の中にある池の側には、鳩がたくさんいます。本当はいけないことですが、鳩に餌を与えている人がいるせいか、ここの鳩は人間を全然怖がりません。僕が走りながら鳩に駆け寄っても、鳩はのん気に餌をついばんでいるのです。

ドタバタと動き回る僕のすぐ横で、鳩が餌を食べ続けるなんて、これではどちらが鳩で、どちらが人間だかわかりません。最後には、鳩を追い回すのはあきらめ、僕はとぼとぼ歩き出します。

動物が、逃げるという本能を忘れてしまうのは、危険だと思うのです。

公園で鳩が人間からいじめられることはないのかもしれませんが、やはり人間が近づいてきたら、羽ばたいて逃げるくらいの方が、鳩にとって安全です。

人間から与えられる食べ物は、鳩の体に合っているのでしょうか。それも気になります。

野生動物との共生は、住み分けが重要ではないでしょうか。かわいいからといって、すぐに餌を与えたり、触ったりしていては、動物が持つべき本能まで奪ってしまいます。人間の浅はかな行動のために、数が増え過ぎると迷惑がられ、挙句の果ては駆除されてしまう、そんな動物も少なくありません。動物に責任はないのです。人間がわがままなだけだと思います。

人間に慣れた鳩を飛び立たせるのは、自分のお尻《しり》を叩《たた》いて急《せ》かすのと同じくらい大変です。

## 亀だって鳴くよ

動物園での僕のお気に入りは、亀です。亀の周りだけ時間が動いていないかのように、ゆっくりとゆっくりと歩くからです。少し歩いては止まり、止まっては少し歩く。僕がよそ見をしていても、亀を見失うことはありません。

僕は、自分がいつも時間に追われているような気がしているせいか、のんびりと生きているように見える亀に憧《あこが》れていました。

亀には声帯などの発声器官がないため、呼んでも返事はしてくれません。けれど、俳句では「亀鳴く」という春の季語があります。うぐいす同様、亀が鳴く様子も春という季節を指しているそうです。

「亀鳴く」と言われると、みんなは何を想像するでしょう。

まずは、いつ鳴くのか、どんな声で鳴くのか、その鳴き声を聞いてみたいと思うに違いありません。でも実際は、亀が鳴かないことを知ると「そうだよね」と妙に納得すると思います。そして「だって、亀だもの」と笑い出すのではないでしょうか。

僕は、それが何だか歯がゆいのです。「亀だって鳴くよ、鳴くんだよ」と言い張ってみたくなります。亀の名誉を守るために。

最初に「亀鳴く」と俳句に読んだ人は、本当に亀の鳴き声を聞いたのだと思うのです。そよ吹く風の合間を縫い、その人の耳をかすめたのでしょう。

# ぴんとこない夏日

春なのに夏のような気温になりました。

どうしてこんなに暑いのか不思議です。これでは人間だけでなく、植物や動物も大変でしょう。

人間ができることなんて限られているのだと、しみじみ思う時があります。にもかかわらず、数十年後までも見通して開発を進める人々。賢いのか愚かなのか、わかりません。

人間は綿密に計画された将来像の実現のため、先の先まで考え抜くのです。けれど、そこに予測不可能な天変地異は含まれていません。

災害が起こらないことを神に祈り、自分たちの幸せのために明日を夢見ます。古代から人間がやってきたことは、さほど変わっていないのではないでしょうか。

異常気象は地球上の生物の生命の危機にもつながる一大事です。

少しずつ変化している天候をいち早く察知し、他の動物たちは、すでに遺伝子レベルで対応を始めているかもしれません。

何か起きた際、一番慌てるのが人間です。

春は春らしく、夏は夏らしくあってほしい。それが、今生存しているものたちの共通の願いだと思います。

四月に気象予報士から「今日は夏日でした」と言われても、ぴんとこないうえ、地球は大丈夫かと動揺します。「夏日」という言葉に胸中がざわつきます。未来に対する危惧《きぐ》は、どうしたら減らせるのでしょう。

## 新しい教科書

昔を思い出すと、初めてのことが苦手な僕にとって、新学期は確かに大変なことが多かったのですが、嬉《うれ》しかったこともあります。

そのひとつは、学年が上がると新品の教科書をもらえることです。

新しい教科書の文字は、僕をわくわくさせてくれました。そこに何が書いてあるのか、内容が気になるというより、誰もまだ読んでいない文章を目にすることが楽しくて仕方なかったのです。言葉が僕の目に映るたび、ただの記号でしかなかった文字に、命が吹き込まれていくような感じがしました。

言葉に意味を与えるのは人間です。人間が文字を読むことで、言葉が生きてきます。新しい教科書は、進級したことに対する子どもへのご褒美でしょう。ていねいに名前を書き、ランドセルに仕舞い込みます。ランドセルの中の教科書は、お行儀よく並んでくれました。

僕は、去年より少し小さくなったランドセルと少し重たくなった教科書を背負い、走り出します。

道に映った影に目を落とし、立ち止まります。今日の僕は、昨日までの僕と、どのくらい違っているのかを確かめたかったのです。

## 四月のやさしさ

この時期は、いろいろな職場で新入社員を見かけます。新入社員からは、一所懸命さと緊張感が漂っています。

「新人です」と社員証に書いてあるわけではないのに、新入社員だとわかってしまいます。

多くの新入社員は、おどおどしています。きょろきょろしています。仕事に慣れていないのだから仕方ありません。現場では、ベテラン従業員と新入社員二人組で仕事をしているのを見かけます。すぐにはわからなくても、ひと言会話すれば、どちらが新人か気づくことがあります。その一番の理由は、話の「間」だと思うのです。

難しい質問をされて言いよどむことは、誰にでもあるでしょう。けれど新入社員は何気ない会話でも、答えるまで少し間が空きます。どんな風に答えたらいいのか、自分の頭で考え、お客様に失礼がないよう返事をしようとしているせいではないでしょうか。

人は恥ずかしくない会話をしなければいけないと意識すると、発言する前に、一呼吸おきます。その間に、自分が話そうとしている内容の全てをチェックすることは無理ですが、時間をかけてゆっくりと話し始めることで、少し落ち着いて会話が始められるからだと思います。

仕事をする人であれば、みんなが経験してきた道なのでしょう。

「頑張って」と心の中で新入社員にエールを送る人たち。この時期は、日本中がいつもより少しやさしくなっているような気がします。

# 解決の糸口

ラジオでは時々、リスナーの悩みにラジオパーソナリティが答えるコーナーがあります。

少し笑ってしまうような困りごとから、人生を左右する難題まで、さまざまな相談が寄せられます。パーソナリティは話すことが仕事ですが、相談者の悩みに対し、満足してもらう答えを出すのは大変そうです。

悩みを抱えている人は、解決したいから人に相談します。けれど、自分の思うような回答は返ってこないこともあるのではないでしょうか。パーソナリティは、相談者についての詳しい状況を知らないわけですから、当たり前かもしれません。それでも、お悩み相談が後を絶たないのはどうしてでしょうか。

相談者にとっては、誰かに相談している行為そのものが、解決への第一歩になっているからだと思います。

相談者は悶々《もんもん》と悩み、どうしよう、どうしたらいいのだろうと考えたあげく、人に聞いてもらいたいと望みます。そのために、内容を頭の中で一旦《いったん》、整理するでしょう。その過程が重要なのかもしれません。人にわかるように説明することは、自分の思いだけでなく、きっと客観的な視点も必要になってきます。そのプロセスのおかげで、今までとは違う気持ちで問題に取り組めるような気がするのです。

番組内でパーソナリティは、相談内容からさまざまな話題に話を広げていきます。相談者は、自分の問題が解決しなくても、ラジオで取り上げられたことに満足するでしょう。そして、もう一度、自分の悩みに向き合う勇気をもらえます。

解決の糸口は、行動することから見つかるのではないでしょうか。

## テレビの中の自分

自分が出演したテレビ番組を見るまで、僕自身は自閉症である自分の言動が、どれほど普通の人と違うのかということに、気づいていませんでした。

僕がテレビのドキュメンタリー番組で最初に取り上げられたのは、十三歳の時です。

「ほら、直樹《なおき》だよ」と家族に教えられて初めて、僕はテレビに登場した少年が自分だと知りました。びっくりしたという言葉では言い表せないほど驚きました。

両親も一緒に映っているのだから、これは僕なのだ。いつも鏡で見ている自分とは違って見えるのが不思議でした。それにもまして衝撃だったのは、言動のおかしさです。意味不明の言葉を発し動き回る。やっている仕草が、二～三歳の幼児と変わりません。自分がしているにもかかわらず、自分の言動を奇妙に感じました。「どうしてあんなことをするのだろう」僕はテレビ番組を物珍しげに見続けました。他の人から、なぜ障害児だと言われるのか、自分でもようやくわかった瞬間だったのです。

僕は、それからしばらくの間、ふさぎ込みました。自分の将来が真っ暗に感じたのです。現実を受け止めるには、僕は子ども過ぎたのでしょう。自分は人の目にこんな風に映っているのだと思うと、悲しくて仕方ありませんでした。

今となれば、全てがなつかしい思い出です。

それからも、僕は何度かテレビに出演させていただきました。テレビの中の僕は相変わらずですが、テレビを見ている僕は変わったと思います。少しずつ自分のことを受け止められるようになったのです。

応援してくれる人たちのおかげで、僕も胸を張って生きていけます。

いいじゃないか、みっともなくても、これが僕なのだ。そう考えられるようになった今、僕も笑顔で番組を見ています。

## 僕はここだぞ

鯉のぼりが五月の空にはためく。

男児の出世と健康を願い鯉のぼりを庭先に立てるのは、江戸時代から続く日本の風習です。「こいのぼり」と聞くと、僕はこの歌を思い出します。

甍《いらか》の波と雲の波
重なる波の中空を
橘《たちばな》かおる朝風に
高く泳ぐや
鯉のぼり

鯉《こい》のぼり（作詞 不詳、作曲 弘田《ひろた》龍太郎《りゅうたろう》）

この歌詞は、とても雄大で、すばらしいと思います。

特に瓦《かわら》や雲を波に喩《たと》えているところや、鯉が悠々と大空を泳いでいる姿は、日本人らしいひたむきさや一本気な性格、向上心が表れているように感じます。

五月が近づくと、男の子がいる家庭に飾られる鯉のぼり。今は、近所でも見かけることが少なくなってしまいました。

小さい頃、こどもの日《ひ》の前には、幼稚園の紙工作でも鯉のぼりを作りました。

武将のように手作りの鯉のぼりを右手に掲げ園庭を走りました。小さな鯉のぼりが、「僕はここだぞ」

僕の旗印なのです。

不器用な僕が作ったへたくそな鯉のぼりは、遠慮がちに僕についてきます。

晩春の晴天の日、僕は鯉のぼりと一緒に、空まで駆け上ろうとしていました。

## お昼休みの記憶

小学校でのお昼休み、僕は、よく運動場で過ごしていました。

休み時間なら、雄叫《おたけ》びをあげ、腕を肩からぐるぐる回し好きなだけ走っても、誰からも文句を言われません。疲れれば、その場にしゃがみ込みます。僕の目の前にあるのは地面。「ここに書いて」と地面にせがまれ、大急ぎで人差し指を動かすのです。「今日は、この字を教えてあげるね」覚えたての漢字を書いては、手のひらで消します。

漢字をいくつか書いたあとは、砂がついた手のひらの匂いを嗅《か》いでみます。ずっと昔から知っている土の匂い。僕の中の何かが奮い起こされたのか、慌ててジャングルジムに上ります。頂上を目指して一歩ずつ着実に鉄の棒に足をかけます。

ジャングルジムのてっぺんで仁王立ちになると、周りにいる子が何か叫んでも、僕の耳には届きません。

僕は、遥《はる》か遠くに目を凝らし、それがすんだら下を見るのです。そこに見えるのは、子どもたちの頭と校庭。

運動場で右に左に動く子どもたち。

その様子を目にしたあと、天を仰ぐ僕。

ああ、空はなんて広いのだろう、心が吸い込まれていきます。

天上に手が届く、そんな自分の姿を僕は何度夢見たことでしょう。

キンコンカンコン、休み時間の終わりを告げる鐘の音が鳴ると、僕はすぐさまジャングルジムから降りて、全速力で教室に戻ります。授業の間、僕の体を自分の席に置くために。

僕は自分を見張るのです。何があっても体まで空に吸い込まれてしまわぬように。

## 戸棚の中の宇宙

小学校の音楽教室には、教室の後ろに大きな木製の戸棚が置かれていました。不思議なことに真ん中の戸棚だけは、いつも空っぽで、戸棚の中に何も入っていませんでした。

低学年の頃、音楽教室に移動した際、僕は、よくそこに入り込んでいました。僕の体がすっぽり入るくらいの空間。戸棚に入って引き戸を閉めると、昼間でも中は真っ暗になります。少し怖くても、なぜか安心しました。僕が戸棚に引きこもる時間は、長くても一分くらいだったと思います。

戸棚から出てくる僕を見て、最初は目をまん丸にして驚いていたみんなも、そのうち笑うくらいで誰も気にしなくなりました。すぐに僕が出てくることがわかったからでしょう。

戸棚の中でじっとしていると、自分がみんなとは別の世界にいるような感覚に陥ります。ここが僕の居場所なのだという気分にさえなるのです。僕は、みんなの歌声が聞こえてきたら、はっと我に返り、戸を開けて、こそこそと自分の席に戻ります。

あのスペースは、タイムトラベルの場所だったのです。

戸棚の中では膝を抱え丸くなり、できる限り体を小さくしました。真っ暗で狭苦しい空間。息を止める僕。異次元に繋《つな》がる出口が、ここにはあるような気がしました。僕が目をつむった瞬間、体は四次元の世界に飛んで行き、自分の存在そのものが消えてしまう。そんな想像をしていました。

戸棚の中に入ると、遠くに旅行をした後みたいに筋肉痛になりました。けれど心は満たされました。

戸棚から出れば四次元への旅は終わり、三次元の世界が目の前に広がります。その時の気持ちは、嬉しさ半分、寂しさ半分といった感じでしょうか。このまま、三次元の世界にとどまるべきか否か、ひとり考えます。

そして自分の気持ちを確かめるために、僕はもう一度、戸棚の中に入るのです。

## 言葉を探して

ぐずついたお天気の後、急に晴れると目の前がぱっと開けたような感じがします。何もかもぴかぴかしてきれいです。光が目に入り込み、僕は思わず下を向きます。大気中のチリやホコリが雨によって洗い流されたために、太陽が出るとまぶしく感じるのでしょうか。

明るいだけで気分がよくなるのです。人の感情を、明るさが左右するのだと改めて感じます。

「暗く寂しい」という表現はよく聞きますが、「明るく寂しい」とは言いません。「明るく楽しい」という表現はよく聞きますが、「暗く楽しい」とは言わないのです。明るいという表現は、それだけで夢が持てる言葉なのだと思います。

僕は、言葉が人の心に与える影響について考えることがあります。

自分の心にぴたりと合う言葉を探し出せた時、欠けていたパズルのピースが見つかったみたいな喜びに浸ります。心の隙間を言葉が埋めてくれたのでしょう。

自分を救ってくれる言葉を求め、人の心はさまよいます。世の中には、こんなにも言葉が溢《あふ》れているのに、探している言葉は、簡単には見つかりません。

心の奥底まで言葉で表現できれば、人は今より幸せになれるのでしょうか。

僕は顔を上げ、お日様に向かって胸を張ってみます。心の中全部をさらけ出したい。僕の探している言葉が、この光に照らし出されることを願って。

## 今日でなくても構わない

母《はは》の日《ひ》に「お母さん、ありがとう」と言える子どもは、幸せだと思います。さまざまな事情で、自分の言葉を母親に直接伝えられない子どもはたくさんいます。

「お母さん、ありがとう」と言ってもらえない母親、「お母さん、ありがとう」が言えない子ども、どちらの悲しみの方が大きいか、考えたことがありますか。

自分の思いを言葉で綴《つづ》る。「ありがとう」のひと言に思いの全てを込める。親から受けた愛情は、感謝してもしきれません。

子どもは、言葉にできないくらいの大きな愛を親から受け、自分の存在そのものが、かけがえのないものだと知るのです。幼い子どもにとっては、親が唯一の味方ではないでしょうか。

母の日には「ありがとう」の言葉と共にカーネーションを贈ります。それは、障害のために話せない子どもには、夢のような話です。だからこそ「お母さん、ありがとう」の気持ちは、言葉にしてもしなくても、わかり合えるはずだと信じたいのです。「お母さん、ありがとう」この言葉を言いたくても言えない子どもがいます。「大好き」を伝えたくても、伝えられない子どもがいます。

「母の日」に、お母さんが悲しまず、いつもの日常と同じ一日が過ごせれば、「母の日」が寂しい思い出になることはありません。

子どもがお母さんに感謝の気持ちを伝えるのは、今日でなくても構わないのです。

## 舞台の上の人間模様

僕の見ている現実の世界は、どこかテレビの中の出来事みたいな感覚です。

僕は自分の身体を壊れたロボットのようだと表現していますが、自分の身体もうまくコントロールできない人間にとって、目の前で起きている世界もテレビの中の世界も、それほど変わりはありません。自分は登場人物ではなく、いつも客席にいる人間なのです。自分以外はどの人も、手の届かない画面の向こう側にいる世界の人に感じています。

テレビに出演している芸能人が視聴者に話しかけても、家で見ている人は返事をしないのと同じで、僕は周りにいる人に声をかけられても、自分に話しかけられていると、すぐには認識できません。声は聞こえていますが、鳥のさえずりや洗濯機が回る音、車の騒音などと何ら変わりはないのです。

たとえていうと、人に何かを指示された時の僕の行動は、こんな感じです。

舞台を見るために客席に座っていたのに、突然演技をしてくれないかと演出家から頼まれ、どうしたらいいのかわかりません。まさかの展開に、僕は楽しむ余裕もないのです。周りに演技指導されながら、操り人形のようにあたふたと動きます。みんなに笑われ、繰り返し注意され、こんなこともできないと落ち込み、出番が終われば客席に戻ります。

客席に戻った後は、自分のへたな演技のことは一旦忘れ、目の前で繰り広げられる人間模様を眺めながら、次の出番まで、また舞台の人たちに見とれ、はらはらしたり、ほくそ笑んだりしているのです。

## 雨の日のひらめき

雨の日は、少し寂しくなります。外も暗く、人の声も聞こえてこないからでしょう。僕は、ひとり物思いにふけります。こんな日は、頭の中にためておいた疑問に向き合う絶好のチャンスだからです。

僕は、何かわからないことがあると、疑問を一旦頭の隅に置いておくのです。頭の中の狭い箱のような場所にその疑問を押し込めます。

疑問は、ある日突然解けることがあります。当たりくじを引いた時みたいに、思いがけず答えが偶然見つかることもあります。

雨の日は、考えるための集中力が高まるからです。脳が活性化するような感じがします。雨というのは、人を落ち着かせる作用があるのではないでしょうか。じっと物事を考えるのに最適なお天気だと思います。大昔であれば、人は恐らく、外にも出かけず穴倉にこもっていたでしょう。

何もすることがない時、人は考えます。ただ、静かに考えるのです。最初は、考えなければいけないから考えていたわけではないのかもしれません。たまたま考える時間があったのでしょう。そうしているうちに信じられないようなひらめきが浮かんだのだと思います。すごい発想だ。何だか嬉しい。すると考えることが楽しくなります。もっと考えよう、もっともっと考えるぞ。次は、さらにいい考えが浮かぶに違いない。

考えることが楽しくなると、困ったことが起きても何とかなります。考えることによって、人生を切り開くことができるからです。

雨の日は、窓の外を眺めながら、後回しにしている問題に取り組みませんか。

## 失言

失言が問題になることが、しばしばあります。それは、有名人に限ったことではないと思います。

誰が、いつ、どんなことを言ったのか、前後の状況も含め、正確に記憶している人は、ほとんどいないのではないでしょうか。言葉とは次から次に消費されるものだからです。

それでも、何を言ったのか、あっという間に日本全国に広まることがあります。

人の噂が恐ろしいのは誰もが知っていることで、新聞やテレビがなかった時代から、口から口へ情報は伝わり、反乱や革命が起きてきました。

言葉は時に、想像を超える力を持ちます。

発言した人の意図とは違う意味に解釈され、波紋を広げ、人々は合い言葉のように、その言葉を口にするのです。最終的には、言葉が人々の反感まで吸収し、確固たる地位を築いてしまいます。そうなると、言葉に込めた思いなど、他の人には関係なくなります。次第に失言した理由ではなく、そんなことを言ったのは誰なのかに注目が集まるのです。

言葉というものが一人歩きを始める時、最初に言葉が拡散され、人の名前が後からついてくることがあります。

失言をしない人はいません。人は言葉を自由に使えるからこそ、言葉に縛られてしまいます。

制限のない自由は、この世界に存在しないのかもしれません。

## 失敗談は誰のもの

人の失敗は、なんやかやと気になるものです。でも、失敗とは自分が経験しない限り、いくらたくさんの失敗談を聞いても、役に立たないものなのかもしれません。

自分の失敗には、もっともな理由を言い訳にしていたにもかかわらず、自分と同じ失敗をした人の話を聞いた時には、どうしてそんなことになったのか、不思議に感じることさえあります。

「大変だったね」「かわいそう」と同情することはできます。

人の失敗は、どこか他人事《ひとごと》です。相手から、どんなに詳しく説明してもらっても、それほど実感はわきません。誰かの失敗談を自分に置き換えようとしても、所詮《しょせん》無理な話なのです。人の想像力には限界があるからでしょう。

失敗談を話してくれた人には、大抵の人が「大丈夫だよ」と声をかけてくれます。何が大丈夫なのか漠然としていても、「そうだね」と本人も答えます。きっと、その人は、誰かに話すことで気持ちを切り替えたり、どこがいけなかったのかを、もう一度考えたりできたのでしょう。

失敗談というのは、結局のところ、失敗した人のためにあるのです。

失敗を笑い話にできる人もいます。そのとたん、苦しかったであろう失敗が、楽しかったかのような思い出話にすり替わります。

起きた事実は変えられなくても、その人の失敗談は、いつの間にか人を笑顔にさせる新たな成功談に置き換えられたのでしょう。

## 風が吹いても逆らわない

木が風に揺れる時、僕の心も揺れます。

わくわくする気分とは少し違います。見ているものに同化するような感覚なのです。

風にあおられ木の枝が右に左に上に下に動く様子は、まるで動物のようにも見えます。

強風の時には、風が吹くたび、ぐにょぐにょ、ぐにぐに、枝がしなるのです。こんなにも枝は柔らかかったのかと、僕は驚きを隠せません。目を大きく見開き、木を凝視し続けます。

植物は、人みたいに移動することができません。種のときに風や昆虫、動物によって運ばれた場所で生きるしかないのです。

運命を天にゆだね、その日、その日を必死に生きる。

地面に根を張り、虫や鳥を誘い、人の目を楽しませてくれる植物。陽の光と雨の恵みに支えられ、決められた場所で精一杯生きる姿は、りりしくたくましい。

風が吹いても逆らいません。

流れに身を任せることこそが、一番いい選択だと知っているかのように、枝は揺れ続けます。

隣同士の枝でも、別々の動きをすることがあります。

同じ風でも、どのような動きをするかは、それぞれの枝が決めているからでしょう。

折れなければいいのです。

ばらばらに動くことが、命を永らえる行為に繋がっているのだと思います。

# 小さなお日様

隣の市では夕方6時になると、音楽つきのチャイムが鳴り響きます。街中に流れるメロディを聴きながら、僕の胸は熱くなります。

子どもたちは、このチャイムが鳴ると同時に、急いで家路につくのでしょう。道を走る小さな後ろ姿。チャイムが鳴り終わる前に、自宅の玄関を開けることが目標に違いありません。

夜は恐ろしい。この世界が暗闇に塗りつぶされる前に、子どもたちは明るい場所に逃げなければならないのです。

子どもは、小さなお日様です。温かくやさしい。いつも輝いていて、元気に満ち溢れています。

子どもに闇は似合いません。嘘やかけひき、裏切りや憎しみが、そこには渦巻いているからです。子どもは、闇につかまらないよう暗くなる前に家に帰らなければなりません。

家には、今日あったことを聞いてくれるお父さんやお母さん、おいしい夕食が待っています。お腹いっぱいご飯を食べた後は、何から喋《しゃべ》ろう。話したいことは山ほどあったのに、家族の笑顔を見ていると、それもどうでもよくなるのが不思議です。お風《ふ》呂《ろ》に入ってお布団にもぐると、あっという間に眠ってしまう。

そんな毎日が、全ての子どもたちに与えられますように。この願いが届くことを祈り、鳴り響くメロディの歌詞を口ずさむ僕。

タッタッタッ……

ひとりの子どもが道の向こうから走ってきました。僕とその子の目と目が合った瞬間、自分の記憶の中にいる小さかった僕が、家に帰るために全速力で駆け出しました。

コラム

## こだわり

僕はドアが開いていたら、必ず閉めようとします。僕の中ではドアは閉まっているのが普通の状態だからです。自分で開けたドアは、自分で閉めたくなります。「開ける」と「閉める」は、セットになって記憶されているため、どちらかひとつでは終わりになりません。ドアが閉まったことを見届けるまで、僕は納得できないのです。

僕の後ろから人が来ていても、待っていられずに閉めてしまうこともあります。閉めたあとに、人が入ってくるのは構いません。

自閉症の人で、ずっとドアの開閉をしている人もいます。

ドアを開けて閉めるがワンセット、それをきりのいいところまでやってしまいたくなるのでしょう。

「きりのいいところって、どういう意味？」と思われるかもしれません。

きりとは、自分が納得するまでのことです。ドアが閉まる速さだったり、音だったり、手の感触だったり、その人にとってのドアの開閉の微妙なタイミングや回数がうまくいき、納得するまででしょう。「そんなことどうでもいいのに」と言われるかもしれませんが、それが自閉症者のこだわりなのです。

落ち着きたいからこそ、こだわりに執着するときもあります。自分が納得するまでこだわると、すっと気持ちが落ち着くのです。やらなければいけないことをやりとげた心境に近いです。

こだわりは、自分の意思で簡単にコントロールできるものではありません。こだわりをやめられるならやめたいと思っている自閉症者も多いのではないでしょうか。

こだわりがあるからといってやり過ぎると、ますますこだわりが強くなることがあるので、こだわりに対する対処というのは難しいです。

こだわりは永遠に続くわけではなく、ある日突然、終了することもあります。するとと自分でも、どうしてこだわっていたのかわからないくらいに、すっきりとこだわりから解放されます。

こだわりから解放されなくても、僕の場合、何かイレギュラーな出来事があったときに、「これでもいいか」と思うような瞬間が訪れることがあります。その機会をうまく利用できれば、より負担の少ないこだわりに変えられます。

僕は以前、「出発時間を決めたら、その時間通りに家を出る」というこだわりがあったのですが、今は「出発時間を言ってもらうこだわり」に変えることができました。予定していた時間に出発できなくても、時間を言い直してもらえれば、5分とか10分ずらした時間に出発することができるようになったのです。

こだわりはない方が、生活しやすいと思います。そのほうが生活の質が向上するのではないでしょうか。

僕もまだまだやめられないこだわりがありますが、困っているこだわりは、ひとつでも減らせるように努力したいです。

# 第三章　るるるの笑い声

すぐ側にある幸せは
気づかないものだと言う
だけど　気づかない幸せを
幸せと呼ばないなら
気づかない不幸も
不幸とは言わないのかもしれない

（「気づかない」）

# 妙な親近感

ゲコゲコ　ゲロゲロ　ゲコゲコ　ゲロゲロ

昔は、田舎にある祖父母の家に行けば、いつでも聞くことができた蛙の大合唱も、新しい家が立ち並ぶにつれて、聞くことができなくなりました。寂しい限りです。

僕は、昔から蛙に妙な親近感を覚えています。

ピョンピョン跳ぶところや、わけのわからない声を出すところが自分と似ているからでしょうか。

蛙が鳴くと、みんなは一瞬振り返ります。なんだ蛙かとわかると、もう誰も蛙の鳴き声を気にする人はいないのです。蛙がいくら泣きわめいても、跳びはねても、蛙の声に耳を傾けようとはしません。

ゲコゲコ　ゲロゲロ　ゲコゲコ　ゲロゲロ

「僕にはわかるよ、君の気持ち」僕は蛙に呼びかけます。

けれど、なおも蛙は、鳴き続けます。

蛙の鳴き声は、決して美しくはありませんが、いざ鳴き声が聞こえなくなると寂しく感じます。

いなくてもいい生き物など、この世にいないのです。いなくなったとたん、人はその姿を探し回ります。そして途方に暮れ、自分たちに原因はなかったのか、思い悩むのではないでしょうか。

## るるるの笑い声

六月になると、いたる所でアジサイの花を見かけます。

アジサイの花言葉には、「移り気」だけでなく、「家族団欒《だんらん》」の意味もあるらしいのです。どちらにしても、見た目のイメージから連想されたものでしょう。小さな花が押し合い、へし合い、くっ付き合って咲く様子は、とてもにぎやかで可愛らしく見えます。他の花にはない魅力ではないでしょうか。

僕の耳には、アジサイの花から、いつも楽しそうな笑い声が聞こえてきます。

る
る
るるる
るるるるる
るるる
る
る

る
る
るるる
るるるるる
るるる
る
る

る
る
るるる
るるるるる
るるる
る
る

アジサイの笑い声は、「る」のオンパレードです。

僕は、そんなアジサイの隣を黙って通り過ぎます。余計なことを言ってはならないのです。アジサイは、僕に声を聞かれていることなど知らないのですから。

もし、アジサイが僕に気づいたなら、きっと笑うのを止めるでしょう。植物のお喋《しゃべ》りは、人間に聞かれてはいけないのです。

他の花たちに叱られないよう、僕はアジサイの笑い声を聞き流し、足早に去って行きます。

梅雨空の雲は厚く、どんよりとしています。

青い空が凝縮されたみたいな色のアジサイ。梅雨が明ければ、こんな色の空になることを僕に思い出させてくれます。

## カッパの宇宙飛行士

小さい頃は、雨の日に、よくカッパを着ていました。濡《ぬ》れてもいい洋服があるなんて、何だかおもしろいです。

僕はカッパを着ると、自分がどこか別の星から来た宇宙飛行士のような気分になっていました。

「ここは、どこだ」

周りを見渡そうとしても、カッパのせいで首と体が一緒に動くのです。ロボットみたいな動作になります。カッパを着ている友だちも動きにくそうに、上半身をぎこぎこと傾けながら歩いています。

僕は思わず笑い出すのです。カッパを着ていたら、誰が誰だかわかりません。

みんなはどうやって区別をしていたのでしょう。

どの子も頭のてっぺんから膝《ひざ》の高さまで、体のほとんどをカッパで覆われ、顔の部分だけ丸くのぞいています。眉毛《まゆげ》と目と鼻と口が見えるだけです。

雨の中でも子どもは元気いっぱい。学校からの帰り道、長靴をはいた足でバシャ、バシャと音を立てながら早足で歩きます。

「ねえ、ねえ、これ見て」「おー、すごい」

あちら、こちらで歓声が上がるたび、子どもたちの輪ができます。

誰かがカタツムリを見つけました。その子は、殻の部分をつまみ、友だちひとりひとりの目の前でカタツムリをひけらかします。他の子は、うらやましそうに眺めていますが、決して横取りはしません。みんなは次々に賞賛の言葉を口にするのです。

子どもは純粋です。友だちの成果をきちんと認めてあげられます。

この星に新発見はないのか、子どもたちは、目を輝かせながら家に着くまで探検を続けます。

チャンスは平等に訪れる。

みんなが英雄になれた日、地球は、どんな星に生まれ変わっているのでしょうか。

## 文字たちの行進

　映画やテレビの最後にエンドロールとして、出演者や制作者、協力者などの氏名が字幕に現れると思います。

　僕は、それを見るのが好きです。誰が出ていたのかを知りたいわけではありません。文字が次々と流れるのを見るのが気持ちいいのです。

　文字は普通、目で追って読むものです。けれど、エンドロールは、文字の方が僕の目の前を移動してくれます。それが楽しいです。

　一文字一文字がきちんと並び行進します。兵隊さんみたいに、どの文字も胸を張って歩いています。僕はエンドロールの文字に見とれてはいますが、エンドロールの文字を読んではいません。読んではいませんが、エンドロールが少しでも長く続くことを応援しています。

　一定の速度で移動していく文字の列が、滞りなく流れ続けるよう、文字の動きと同じ速度で、右手の人差し指を右から左へ、あるいは下から上へ、くいっ、くいっと動かすのが、僕の役目です。字幕のエンドロールが止まることはありませんが、こうせずにはいられないのです。

エンドロールが延々と流れる番組があれば、きっと僕は、何時間でも眺めているでしょう。

あきることなどないのです。僕ではなく、僕の脳が快感のために見ているものだからでしょう。

みんなが不思議がります。

「どこが楽しいの？」と聞かれても、僕はうまく答えられません。何が楽しいかは、僕の脳だけが知っているのです。

## 体全体を耳にして

僕は、話を聞いている時には、なるべく相手を見ないことにしています。

聞く時には、話をしている人を見なければいけないと、小さい頃から言い聞かされてきましたが、相手を見ない方が、話している内容がよくわかるのだから仕方ありません。

話をしている人の表情や態度からも、気持ちは読み取れると考えている人も多いですが、僕は、受け取る情報が増えれば増えるほど、相手が何を言いたいのか、分からなくなるような気がするのです。話をしている人の表情や態度と、こちらが受け取る言葉の意味が、一致しているとは限らないからです。そうなると相手の胸の内は探れません。

僕は本心を知るために、聞くことに集中します。

言葉のリズムや声の大きさ、抑揚、息遣いや間など、聞こえてくる音全てを参考にして、相手が何を言いたいのか分析します。聞くことだけでも、相手の心の中を知る手がかりは見つけられると思うのです。

人の本当の気持ちは、なかなかわからないものですが、ふとしたはずみで本音をもらすこともあるのではないでしょうか。実は、こんな気持ちだったのかと驚くことも少なくありません。

聞こえてくる言葉の隅っこに、その人の偽らざる気持ちが隠されているかもしれません。だから僕は、体全体を耳にして、いつも真剣に相手の話を聞いているのです。

## 回るものが好きなのだ

夏になると扇風機をよく使います。僕は暑い時に汗を拭《ふ》いたり、扇風機を回したりすることはできるようになりましたが、上着を脱いだり、エアコンの設定温度を下げたりすることは今もできません。

信じられないと言われるかもしれませんが、そうしなければいけないことが思い浮かばないからです。

僕は回転している扇風機の羽根をじっと見ます。回るものが好きだからです。くるくるくるくる、くるくるくるくる。

扇風機の羽根から、ビューンと風が流れ出したとたんに、草原にいるような気分になります。

回る羽根は、扇風機のスイッチを切るまで止まりません。速さを「強」にすると回転が速すぎて、７枚の羽根が、ひとつの動いていない輪に見えてきます。凝視する僕の目、扇風機と僕の間の時間が、まるで止まったかのよう。何もかも放り出し扇風機に目を奪われてしまう。

しばらくして扇風機のスイッチを切ったら、風の流れが変わりました。

部屋の中には、ゆっくりと漂う空気が、出口を探しているかのごとく、あちらこちらへとさまよいます。

僕は、側にある空気をかき分け、自分の体を前に押しやります。

扇風機と一緒に止まっていた時間を早送りするために。自分の時間を取り戻すために。

## トイレの水はゴーカート

トイレが終わった後、水を流す。僕は、便器に流れる水を見るのが好きです。そんなことを言うと変わった人だと思われるかもしれません。

便器の水の行方を目で追う。どこから出てきて、どこへ流れていくのか、目が離せないのです。気になって仕方ありません。

水に対する関心の示し方にも、いろいろありますが、公園で噴水に見とれている人はロマンチストで、トイレで便器の水をじっと見ている人は変人だと判断されると心外です。両方とも流水だし、その流れは美しいと思うからです。

確かに噴水は、芸術的とも言える線がみごとです。でも便器の水には、庶民的な親しみを持った楽しさがあります。僕にとっては、どちらの水の流れも魅力的に映るのです。

噴水も便器の水も、流れる水の速さに決まったリズムがあるうえ、ザーッ、ゴーッという音は、さも水が流れているかのような響きがして、爽快《そうかい》さを感じます。

噴水は、ただ見ることしかできませんが、トイレの水は、自分が操作出来るのがいいと思うのです。

トイレの水を流す行為は、自分で運転する遊園地のゴーカートに似ているような気がします。

僕が便器のレバーを引くとスタート、水が一斉に走り出します。急な坂道も、うねるカーブも問題なく進むのです。ゴールは、排水のための穴「トラップ」。そこまで水を見送れば、僕は満足。便器のふたを閉じて操作は終了。

どのような水も、僕の心を躍らせます。

## 時間からの解放

人は、時間に縛られているせいで、自分を苦しめているような気がします。時間から解放される時が来るのだとしたら、死んだあとではないでしょうか。

生まれた瞬間から人生最後の日まで、刻々とタイムリミットに向かって時間は過ぎていきます。これは、誰も逃れることの出来ない決められた運命なのでしょう。

元気な間は、命が永遠のものであるかのように、何も気づかぬ振りをして日々をやり過ごします。けれど、誰かが亡くなったり、死を身近に感じたりする出来事があれば、目をそむけていた死という未知の世界の入り口を、覗《のぞ》き見てしまいます。

「ああ怖い、どうしよう。自分の番が来たら、どうなるの。誰か助けて、どうか助けてお願いします」救われたい一心で、天に祈りを捧《ささ》げるのです。それでも時間は止まりません。淡々と、とめどなく、この世の全てを押し流し、先へ先へとみんなをせかします。だめだ、ついていけない。息も絶え絶えになり、取り残されそうになると「ちょっと待って、置いていかないで」必死にくらいつき、追いつこうとします。そして、何事もなかったかのように周りに合わせ、元の毎日を取り戻していくのだと思います。

過去にばかり気持ちが向くようになった頃、自分の前には、わずかな時間しか残されていないことに気づくのでしょう。

ある日、信じられないような光に包まれます。

もう焦ることはない、心配はいらない、心が静まります。

呼吸が止まれば、そこにあるのは、「無」という名の「とこしえの幸福」に違いありません。

## 満たされた時間

子どもたちは、いよいよ夏休みです。きっと、浮かれているに違いありません。

僕が子どもの頃も、夏休みが楽しみでした。学校に行かなくてもいいからです。大人は夏休みになると、生活がくずれるとか、時間を持て余すのではないかと心配しますが、そんなに悪いことばかりではないと思います。

僕の夏休みの毎日は、ゆっくりと時間が流れました。

セミの声と入道雲、風に揺れるひまわり、そしてプールから聞こえる子どもたちの笑い声。夏にしか見ることの出来ない風景に、僕は魅了されました。

どこにも出かけない日は、自由を満喫しました。

部屋の隅に引きこもり、ぶつぶつと意味のない独り言をつぶやく。僕がケタケタと笑い出すと、何が楽しいのだろうと、家族は心配そうに僕を見ました。楽しいというより、これが本当の僕の顔だったのかもしれません。誰にも気をつかわず、自分らしくいられる時の方が、僕はよく笑っていたのではないでしょうか。

幸せだから笑えるのです。

夏休みは、予定がはっきりしていないところが少し不安でしたが、別にそれが嫌だとは思いませんでした。

何も予定がない日、僕はふわふわと雲の上にいるみたいな気分でした。その不安定感を楽しむゆとりを、僕の脳は必要としていたのかもしれません。だらだらと過ごす夏休みは、僕にとって満たされた時間だったのです。

学校に通うことは大変なこともあり、僕の瞳《ひとみ》が涙でにじむこともありましたが、あの頃の僕がいたから、今の僕は存在しています。

子どもたちの夏休みが、楽しいだけではなく、十分な休息の時間となることを願っています。

# 僕とイルカが跳びはねる理由

海のすぐ側に建っている水族館に行きました。

海には様々な生き物が生息していますが、水族館で見る限りは、陸の動物ほど強い者が生き残るという印象はありません。そうは言っても、弱肉強食という自然の摂理は、海の中も同じでしょう。

僕は、魚がうらやましくて仕方ないのです。それくらい、海は僕にとって身近で、懐かしさを感じさせる場所なのだと思います。どこにでも好きな所に住んでいいと言われたら、僕は迷わず海と答えます。

一番憧れるのがイルカです。すごい速さで水の中を自由自在に動き回る姿を見ているだけで幸せな気分になります。今日はイルカのショーも見学できました。

イルカのショーを見ている間、僕の口から「イルカ、跳ぶ！」という言葉が繰り返し出ます。このときの心境は、好きなタレントさんを応援する気持ちと同じです。

イルカはトレーナーに教えられた通り、みごとにジャンプしてくれました。青い空と白い雲を背景に、三日月の形のイルカが宙に舞う。イルカの体についていた水滴がバシャンという音と共に、水しぶきとなって水面に落下します。素晴らしい身体能力を披露しても、イルカの表情は変わりません。

イルカが空中へ飛び出す時の気持ちは、自閉症の僕が跳びはねる時の気持ちと似ているのかも知れない、ふと、そんなことを考えます。

イルカたちは、狭いプールの中で何を思っているのでしょう。

水族館の後ろには、見渡す限りの大海原。ジャンプしているイルカの瞳にも、打ち寄せる波が映っているに違いありません。

イルカの気持ちを考えると、だんだんと僕の呼吸が浅くなります。息をするのを忘れた時、僕はイルカと同化しました。

「ヒャー、ヒャー」イルカ語で叫び合う僕とイルカ。

イルカと僕の声は、観客の声援と波の音にかき消されました。

# ぐるぐると回り続ける

夏はスイカがおいしい季節です。

僕は、出されたスイカを前にして、かぶりつくか、スプーンやフォークを使って食べるかで毎回悩みます。

父は、かぶりついて食べるし、母は、スプーンを使って食べるからです。僕がスイカを食べずにじっとしていると、「好きなように食べたらいいよ」と言われます。

「好きなように」が一番難しいです。どうやって食べればいいのだろう。そのつど、スイカの大きさや切り方も違います。

僕は、スイカを前に考え込みます。かぶりついても食べやすそうだ。がぶりがぶりと豪快に食べたいところですが、スイカの切り口は三角に尖《とが》っているので、最初のひと口は、恐る恐るてっぺんだけかじってみます。間違いなくスイカだ。スイカの味がしたので、かぶりつく食べ方でも良さそうです。

少しずつかじりながら食べ続けると、次第に口の周りが汚れてきます。スイカは好きですが、口の周りがべとべとするのは気持ち悪いです。食べるペースが落ちてきた頃、「スプーンを使ったら食べやすいよ」という声が聞こえます。

スプーン！　その言葉に僕はびっくりします。母がスプーンで食べていることも忘れ、スイカをスプーンで食べるなんて思いつかなかった、と一瞬感心しますが、そういえば、食べる前にかぶりつくか、スプーンで食べるかで自分が迷っていたことも同時に思い出します。

スプーンを使えば簡単だ、どうして初めからスプーンを使って食べなかったのだろうと不思議に感じながら、今度はスプーンを使い、赤い実の部分を最後まで食べ切るのです。

スイカを食べている時の自分の思考を振り返り、こんな風に説明することはできるようになったものの、後日スイカを食べようとすると、ビデオの巻き戻しボタンを押したみたいに、僕の思考は再び、スイカをどんな風に食べればいいのかに戻ってしまいます。

前回の行動を踏まえて、次の行動に生かすことができる人は、すごいと思います。

何か行動するたび、ぐるぐると回り続ける僕の思考回路。入口も出口も同じですが、ふとしたはずみで、別の出口から外に出られることがあります。それをみんなは「成長」と呼ぶのでしょう。

## 食べることへの執着

セルフサービスのレストランで、シルバーカーを押した一人の高齢の女性を見かけました。その店では、注文したメニューが出来上がれば、渡されたブザーが振動します。

高齢の女性は注文をした後、少しの間席に座っていましたが、自分の番が近くなってくると、何度も椅子から立ち上がったり、座ったりを繰り返していました。店員さんを待たせたらいけないと、すぐにカウンターに取りに行けるようにしているのかなと思っていましたが、そういう感じでもないのです。

もしかしたら、心配でたまらなかったのではないでしょうか。自分の番が抜かされるという不安があったのかもしれません。「店員さんが間違って自分の分を他の人に渡してしまったら大変だ」そう思うと居ても立ってもいられない。この気持ちはよくわかります。僕も待っていられないからです。今食べなければ飢え死にしてしまうくらいの勢いで、僕はご飯を食べてしまいます。

食べることそのものが、大仕事なのです。

食べたら満足するというより落ち着きます。すると、しばらくは食事のことは頭から消えますが、次の食事の時間が近づくと、またそわそわし始めるのです。食べることに関しては僕も執着が強いです。

店員さんも、高齢の女性のことを気にかけていたらしく、出来上がった料理は、その方の席まで運んであげていました。

高齢の女性が食べ始めると、お店の中全体が、ほっとしたような空気に包まれました。

みんな安心して自分の分を食べたいのだと思います。

## さあ、歩け

夏の散歩は大変です。

今日は、曇っているから大丈夫だろうと思っていたら、汗びっしょりになりました。

タオルで顔や体を拭きますが、きりがありません。

水を飲み「ああ、暑い、暑い」と愚痴をこぼしながら、とにかく歩きます。なぜなら、歩くことが目的だからです。

日陰に入ると心持ち涼しさを感じます。

大きな木の下で、ひと息つくと、ジージーと鳴くセミの声が遠くから聞こえます。すうっと風が流れると、気持ちいい。「よし、あと少しだ」と元気が出ます。

僕の散歩は、ぶらぶら近所を歩くだけですが、気分転換になります。

新しい店が出来ていたり、季節の移り変わりと共に自然が変化していたり、小さな発見の連続が、僕の想像力を刺激してくれます。

通りすがりの人がいて、鳥が飛んで、犬がほえる。

クモの巣の真ん中のクモは、さっきからちっとも動かない。

こんなありふれた風景の中に自分がいる幸せを、僕は改めてかみしめるのです。

額から流れた汗の滴が地面に落ちました。

歩け、歩け、さあ、歩け。

今日という日を思い出に残すには、僕はまだ若過ぎます。明日《あした》につながる日は、もう二度と来ないのだから。

## セミが見ている景色

木にセミが止まっていました。

僕がセミのお尻《しり》をつつくと、セミは驚いて飛んで行きました。また、すぐにどこかの木に止まるのでしょう。

セミが飛び立つ瞬間を見るのは楽しいです。羽を大きく広げ、一直線に素早く空に飛んで行くからです。

ミーンミーンと鳴くセミの声は、この世がつまらないと嘆いているようにも聞こえます。

もう二度と土の中には戻れない、セミになることばかり考えていたのに、こんなはずではなかった、と後悔しているのではないでしょうか。

僕はセミに同情します。地上にも楽しいことはあるよとセミを慰めます。

セミは、僕の言葉など聞いてもくれません。毎日、必死に木にしがみつき、ここに自分がいることを主張し続けるのです。

セミが見ている景色が、少しでも明るくなりますように。僕は空に飛び立つセミの姿を見送りながら、そう祈ります。

道端には命を終えたセミが、羽を閉じた格好で横たわっていました。僕がいくらお尻をつついても、そのセミが飛び立つことはありません。

土の中にいた時と死んでしまった後、どちらがセミにとっての天国なのでしょう。

僕の頭の上を横切るようにセミが飛んで行きます。

夏空にセミが飛ぶ。そのセミの背中の透き通った羽から、小さな光が差し込みました。

## 小さなお祭り

僕は、今年で二十六歳になりました。

どんな気持ちかと尋ねられたら、子どものときのように、一年一年、歳を重ねていくのが嬉《うれ》しいといった感情は、残念ながらあまりないです。どんどん大人としての責任が求められる年齢になっているのに、成長しない自分に対して、焦りを感じているというのが正直なところです。

誕生日は、家族でお祝いします。ケーキにろうそくを立てて、バースデーソングを歌ってもらい、僕がろうそくの火を吹き消します。

「誕生日、おめでとう」の言葉と共に、聞こえてくる拍手。

何となく照れ臭い。その気持ちを悟られないよう、僕は切り分けてもらったケーキを急いで口に運びます。

毎年同じように誕生日をお祝いしてもらっているのに、ろうそくを吹き消す瞬間は、どきどきします。嬉しいだけでなく、気恥ずかしい気持ちになるのはどうしてでしょう。

ここに自分がいる、誕生して二十六年の僕がいる。それを誰かがお祝いしてくれる。もっと胸を張って生きていいんだよと、背中を押してもらえる幸福感。この世界に僕がいることは、まぎれもない真実なのです。

生まれた理由を見つけるより先に、生まれた事実を喜び合う。誕生日は、人と人が支え合うための小さなお祭りです。

今日は僕の誕生日、そして明日も明後日《あさって》も、明々後日《しあさって》も誰かの誕生日。この地球上に「おめでとう」の言葉が途切れることはありません。

# 今夜、僕の心を動かすもの

花火大会が開催されました。

どん、どん、と鳴り響く音、夜空に大輪の花が咲くようなイメージが花火にはあります。

花火玉が打ち上げられシュルシュルと上昇し、ぱっと開きます。色とりどりの美しい花火が、僕の胸を幸せで一杯にしてくれるのです。

「花火が一発！」僕の口からも、どこかで覚えたそんな言葉が出てきます。何か叫ばずにはいられない高揚した気分。本当は、かけ声をかけるなら、「たーまやー」や「かーぎやー」が正しいのでしょう。

その場でしか味わうことの出来ない一瞬の美。夏の夜の夢という言葉がぴったりと当てはまります。僕は、瞬《まばた》きするのも忘れ、ひたすら花火に見とれ続けるのです。

近くで花火を目にすると、まるで空から星が降り注ぐみたいに感じます。でも僕は、どちらかというと遠くから花火を見るのが好きです。

この空のどこに花火が上がっているのかがわかり、自分が置かれている状況が飲み込めます。目の前の景色は、こんなにきらびやかだけど、今見ているのは、僕が知っているいつもと同じ夜空。

瞳がきらきらした火花で埋めつくされても、花火が僕の体を覆いつくしはしません。そう自分に言い聞かせ、少し離れたところから、落ち着いて花火を楽しみます。

気がつけば、鳥たちの群れが逃げ場を探すように飛行しているではありませんか。花火の音と光は、鳥たちの眠りをも妨げたのです。夜空に鳥の群れ。普段の夜には見ることの出来ない情景が目に留まります。

今夜、僕の心を動かすのは花火だけではないのです。

## 地球人の振りをする

小窓から外を眺めていると、自分が別世界にいるような心地になります。

誰も僕を見ていないのに、僕はみんなを見ています。どこか別の惑星から来た宇宙人みたいです。

「コレハ、イイゾ、ナンテ、オモシロイ」

観光気分で周りを見渡します。

「タテチトププペ、パペパペブー」

僕は宇宙語で仲間に報告します。

宇宙語は、地球人にはわからないから、どんなに大声で喋っても平気です。

体を揺らし、右手で胸を叩《たた》きます。この動作は、僕たち宇宙人が喜びを表す仕草。

窓の外をずっと見ていたいですが、そうもいきません。なぜなら、僕には任務があるからです。すぐに態度を改め、地球人の振りをします。

地球人から「何を見ていたの？」と質問されても、決して真実を話してはいけません。

宇宙人しか持ち得ない頭脳で、僕は地球人を分析し、テレパシーを使い、仲間に情報を伝達します。

……などと書くと、みんなは、どう思うのでしょう。

内と外の世界が、窓で仕切られる。お互いのエリアを覗くことが出来ても、このふたつは完全に別世界なのです。

同じ場所に立っているのに、違う領域にいるなんて何だか寂しいと思いませんか。

窓から外を見ているだけの人生は、切なすぎるのではないでしょうか。

# しぼんだ花を数える

小学生の時、アサガオを育てたことがあります。

指先で土に穴をあけ、種をまく。一週間くらい経つと根が伸びて発芽します。本葉が数枚出てつるが伸び始めたら支柱を立て、つるを巻きつけます。アサガオが日に日に成長していく様子は僕にもよくわかりました。

何色の花が咲くのだろう、どんな大きさの花なのか想像するだけで、僕はわくわくしました。

ある朝、ラッパみたいな形の青いアサガオの花がひとつ咲いたのです。僕は小躍りして喜びました。友だちのアサガオも次々に咲きました。

毎朝、アサガオを見るのが楽しみでした。

でも、一度開いた花は二度と咲きません。せっかく咲いた花も、お昼にはしゅんとしおれてしまいます。アサガオの花が見られるのは、一日の内の数時間なのです。

そんなに短い間だけしか咲かないなんて、寂し過ぎる。

それに気づいてからは、咲いた花の数より、しぼんだ花の数を数えるようになりました。種が収穫できても、花が見られなくなるのは嫌だ。

最後のアサガオの花がしぼんだ後、アサガオのつるや葉は、だんだんと茶色に変化していきました。このアサガオの命は終わったのです。

からからに乾いたつるや葉には、もう光合成する力も、水を吸う力もありません。あんなにきれいな花を咲かせていたのに。

みんなのアサガオも、ひからびていきました。

これが僕のアサガオだったのかどうか、その答えを、どうやって探したらいいのだろう。

種を収穫できた喜び以上に命を終えたアサガオは、僕の心を重たくさせたのです。

## 記憶の点を跳びまわる

現実を直視するのが難しいと、人は思い出に逃げることがあります。思い出の中に自分の居場所を探そうとするからだと思います。

美しい思い出に浸るのは、気持ちがいい。

頭の中の記憶は、年月が経てば経つほど、自分の都合で修正している可能性があります。自分の逃げ場を、よりよい居場所にしたいと思うのは、自然な望みでしょう。思い出は大事、自分の生きてきた証《あかし》だからです。どれだけ美化しても構いません。なぜなら自分のものだからです。

僕の記憶は、点のようだと表現していますが、記憶を振り返っている時、僕はその点の上をピョンピョンと跳びまわっています。

記憶の中の自分の味方になってあげたい。たとえ悪いことをしたとしても、それなりの理由があったし、失敗さえも、今につながる有益な出来事だったと思いたいのです。

僕の場合、しみじみと長い間思い出に浸ることは、あまりないような気がします。「こんなこともあったな……」と考えている内、思い出は、すぐに別の思い出と重なるからです。すると今度は、別の思い出に跳び移りたくなります。

あちらこちら、いくつかの思い出の場面を見れば、もう十分。僕が思い出に逃げたくても、過去が居心地のいい場所ばかりではなかったことにも気づきます。

自閉症の僕が跳びはねた、空を見上げてジャンプした。

思い出に逃げず、今いる場所で羽ばたくことが、僕に出来ることなのです。

# 校内の探索

夏休みも終わりです。学校に行きたくないと思っている子どももいるのではないでしょうか。

自分の時はどうだったのか思い返してみますが、よく覚えていません。九月になると学校に行かなければいけない、それは、変えられない決まりごとだと思っていました。

久しぶりの学校で僕がまずやることは、校内の探索です。正しくは確認です。夏休み前と比べて変わりはないか、僕は自分が知っている場所を見まわらなければなりません。僕が記憶しているところに、それがあるかを、自分の目で確かめなければ気がすまないのです。

ランドセルを急いで机の上に置くと、僕は小走りに教室を出ていきます。最初にトイレ、次に中庭を見て、音楽室、図書室、職員室と覗いて回ります。

ひと通り見れば安心します。今日からまた、学校という場所での僕の時間がスタートするのです。

教室に戻ると、少し照れ臭そうに再会を喜んでいるクラスメイトたち。「直ちゃん、おはよう」と言われ、その友だちの名札を見つめる僕。名字に見覚えがあります。一緒のクラスなんだなと思っていると、「おはよう」他の友だちもやってきました。振り向いて僕がその子の名札を見ようとすると、もういません。また「おはよう」とどこからか違う声。気がつけば、誰が誰に言っているのかわからない「おはよう」が、いたるところで繰り返されているのです。何が何だかわかりません。

チャイムが鳴ると、みんなが一斉に席に着きます。「座って」と促され、僕も自分の席に座ります。全員が着席した後、先生のお話が始まりました。

ひとりひとりの居場所が決まると、僕は嬉しくなります。誰も立ち歩きません。まるで、椅子と人との型はめパズルが完成したかのようです。そう思うや否や、興奮して手を叩き、跳びはねる僕。

二学期の初日から先生に叱られました。

コラム

## パニックを回避するための工夫

自閉症者のパニックで苦労されている方はたくさんいると思います。

僕がパニックのときは、思考が止まって、体だけが動いている感じです。かなり混乱しているせいで、自分の声だけしか聞こえません。

パニックを起こしている最中は、何も考えられなくなります。手足を動かすのに精一杯ですが、その手足さえ思い通りにはならず、自分の意思とは関係なく、勝手に動いてしまうこともあります。自分が困るとか、痛いとか関係ないのです。誰かを困らせて迷惑をかけることがわかっていても止められないのです。ただ苦しくて、つらくて、何も考えることなどできません。

他の人が声をかけてくれても、聞き入れないのではなく、言葉として頭に入ってこないのです。すぐ側にいる人に助けを求めればいいのに、この世でたったひとりの人間になったみたいに孤独を感じます。

周りにいる人は、体を押さえようとしてくれますが、その手を振りほどいてしまいます。それが誰であれ、そのときには全ての人が敵に思えてしまうからです。

時間が経てば落ち着きます。

そのあとは罪悪感でいっぱいになり、この世から消えてしまいたくなります。どうしてこうなってしまうのだろうと、何度も思います。もう二度としないと誓っても、また何かあるとパニックになってしまうのです。

パニックが始まると、どうしようもないという感じの人が多いと思います。関わり過ぎても、無視し過ぎてもいけない。パニックが終わったあとには、できるだけすみやかに、いつもの状態に「原状回復」する方が早く落ち着きます。いつもと違う状況が、余計な刺激となり、再びパニックが起きてしまうかもしれないからです。

環境面で改善しなければいけないところがあるなら、通常の生活に戻ったあとに、改善できる点を改善するのがいいような気がします。

パニックが始まると、なかなか止めることはできないと思います。

パニックにならないようにすることが一番大事なことですが、僕の場合、パニックになりそうなとき、少し気をそらすことでパニックを回避できることがあります。

周りにいる人にとっては、パニックになる前兆に全く気がつかずにパニックが起きてしまうときと、パニックになりそうだと思いながら、やはりパニックになってしまったと思うときがあるのではないでしょうか。

パニックになるかもしれないと感じたときには、

① 場所を移動する。

② 別の人が対応する。

③ 今していることをやめて違うことをする。

このいずれかの方法で、パニックにならずにすむことがあります。

いつも通りにしないと、余計パニックになるかもしれないと思われるかもしれませんが、パニックになるときには、いつも通りにしていてもパニックになります。

だから、タイミングよく自閉症者に変化をもたらすことができれば、パニックにならずに落ち着くかもしれません。

今、僕が抱いているパニックのイメージは、「つらい記憶が空気だとして、風船にじわじわと空気が入る、ぱんぱんに膨れたあと破裂してしまう」感じです。

風船がぱんぱんに膨れても、それ以上空気が入らなければ、とりあえずその時に風船が破裂することは避けられます。

気持ちがぱんぱんになると、身体全体に力が入りかたくなります。身体がこわばっていても、まだ笑顔が少し見られるときには、変更を受け入れられることがあります。

パニックが収まると急に表情が柔らかくなるので「すっきりした？」と聞かれることがあります。でも、すっきりとは何だか違うのです。それを言葉で表現すると「くっきり」という言葉がぴったりだということに気づきました。

パニックを起こしているときの頭の中は何だか、もやがかかったような感じなのです。自分がやっている行動にもかかわらず、現実味がなくなるような感覚になります。

パニックが収まると、自分がやっていること、見ているもの、聞こえてくる声など、すべてがクリアになります。

自分を取り戻すことができてようやく落ち着けるのです。

# 第四章　ある秋の夜の物想い

水たまりは　ちょっと冷たい
でも　大丈夫
こんなに空は青いから
私の心は澄んでいるから
（「小鳥」）

# 五感をいったんフリーズ

朝晩、涼しくなってきたと思ったら、急に気温が下がって寒いくらいです。ひんやりとした風が流れていく。夏から秋へと移り変わっているのが、よくわかります。どんなに名残惜しくても、季節は次へ次へと進むのです。逆戻りすることはありません。僕も置いて行かれないように、頭の中を日々更新しなければいけないのです。

脳の中には、さまざまな場面が収められています。

僕は、季節に合わせて部屋の小物を置きかえるみたいに、九月に起きたであろう思い出を、記憶の中から寄せ集め並べてみます。そうすれば、この時期にこれまで僕が何をしていたのか、過去を頼りに自分の状況を整理できるかもしれないからです。

今しなければならないことは何か、日々思い悩む僕。「それなら、何かを見たり、誰かに教えてもらったりすればすむことなのに」とアドバイスしてくれる人もいます。でも、僕は、時間がかかっても自分の頭で考えたいのです。

何者にも支配されない自分でいたい、僕が僕であることが重要だから。

思考に集中するために、五感をいったんフリーズ。

頭の中の九月をどれくらい秋模様にするかで迷いながら、今日なすべきことを決めます。

ありきたりな毎日で十分なのです。

自分が決めた時間に、過剰なストレスは感じません。

## 生きることのベテラン

敬老《けいろう》の日《ひ》は、多年にわたり社会につくしてきた老人を敬愛し、長寿を祝う日です。

自分が高齢者になった姿を、僕自身は、あまり意識したことがありません。それは、子どもの頃、自分が大人になった姿を想像できなかったのと同じでしょうか。

どんな人生を歩むのか、選択肢はたくさんあります。予想できないことも起きるでしょう。

もしも、自分はこうあるべきだという将来の姿を、頭の中で簡単に描くことが出来るなら、人生における苦悩は、半分になると考える人もいるかもしれません。

でも、そんなことはないような気がするのです。

おじいちゃん、おばあちゃんの話を聞くと、どの人の人生もドラマチックです。大切なのは、その時々に直面する出来事に対して、自分がどのように向き合うかではないでしょうか。

自分で思い描いた未来は、映画のラストシーンみたいなもので、さまざまな苦労は、クライマックスまでの一場面、一場面に収められています。ラストに至るまでの道筋こそが、本当の意味での人生の醍醐味《だいごみ》なのです。

長い年月を生き抜いてこられた方々を、僕も尊敬しています。

おじいちゃん、おばあちゃんは、生きることのベテランです。明日を迎え入れるための心の準備は、若い人たちより、ずっと上手に違いありません。

## 月へ旅立つ日

十五夜のお月様は美しい。

僕は月を見ていると、自分がかぐや姫《ひめ》になったみたいな気分になります。どうしてでしょう。郷愁に駆られるのです。「月に帰らなければ……」と本気で思います。何が僕の心をそうさせるのか。

「なんて、きれいなお月様」

瞳《ひとみ》に月が映っている間は、嫌なことを忘れられる。月が僕の心を幸せで満たしてくれるからに違いありません。

僕は地球という星に住むちっぽけな人間ですが、太陽系のひとつである月を、自分の目で見ることが出来ます。僕自身も宇宙という巨大な生命体の一部なのだと感じて、体中がじんわり温かくなるのです。

月には、神秘な力があるからでしょう。

たやすく訪れることなど叶《かな》わない遠い衛星。月での生活も想像できないのに、そこに住んでいたかのような妄想にとりつかれます。

ある日、気がつくと、地面から僕の足が離れ、体が宙に浮く。来るべき時が来たと覚悟を決め、地球に別れを告げ月へと向かう。そんなシーンだけが、繰り返し頭の中をよぎるのです。

月を見上げ心を慰める、漠然とした別れの予感。この気持ちは生きることに対する哀愁なのでしょう。

「さようなら、さようなら……さようなら」

いつか最期の日に旅立つ。その時の心情を、月を行き先にして、僕は幾度も下稽古します。

## 長袖の不自由

そろそろ衣替えをしなければいけません。

すでに秋だというのに、ずっと暑かったけれど、ようやく日中でも肌寒く感じる気温になってきました。

僕は、長袖《ながそで》が好きではないのです。元々暑がりなせいもあるかもしれませんが、服を着ることそのものに少し違和感があります。

長袖だと余計にそう思います。腕の長さが縮んだように感じるからでしょう。

僕は自分の手が身体のどの部分についていて、どんな長さなのか、よくわかっていないような気がします。

長袖を着ると、手首まで服に覆われます。すると、手首を強く意識するためか、肩の下に手首がついているみたいな感覚になります。

僕の腕は、どこにいったのだろう。

思うように手が使えなくなった感じがして、ちょっとだけいらいらします。

こんな時、自分の意思で腕を伸ばして物を取っているのに、誰かに取ってもらったような錯覚に陥ることがあります。

「あれが欲しい」と思っているうち、それはいつの間にか僕の手元にきます。

自分で取った自覚があまりないのです。手が短く感じる分、不自由さが増したような気がしてもどかしい。だから、僕は半袖の方が好きなのです。

腕は伸ばしたり、曲げたり、自由自在に操作できます。意識して動かすというよりは、無意識の内に動いてくれます。

無意識に働きかけるには、意識的な訓練が必要なのでしょうか。無意識とは、意識の先にあるものなのか、そんなことを考えます。

# 聴くことに全集中

地域の小学校に通っていた時、秋になると校内で合唱の発表会が行われました。

僕は、人の歌声を聴きながら、同時に声を出すのが苦手だったので、低学年の頃は、合唱でみんなと歌うことができませんでした。歌わなくてはと口を大きく開けても、喉《のど》の奥に何か詰まったみたいに声が出てこなかったのです。

歌っていないからといって、聴こえてくる歌詞に間違いがあるかどうかを確かめていたわけでも、歌の情景をひとり思い浮かべていたわけでもありません。

僕は聴こえてくる歌声に、聴き入っていたのです。

まるでカラオケの時、歌詞を目で追うように、耳から入ってくる歌を頭の中で追い続けるのです。ひと言も聞き逃すまいと、聴くことに全神経を集中させていました。

歌には、心に直接訴えかける力があると思うのです。

僕は、照らし合わせていたのでしょう。歌詞と自分の心に秘めた言葉を。

「気持ちを代弁してくれている」

歌のメッセージが僕の心と一致したと思えた瞬間、目の前の世界は、ほんの少しバラ色に輝きました。

## 真っ直ぐ走る難しさ

運動会というと、まず一番に思い出すのがかけっこです。

僕は走ることはできますが、かけっこは苦手でした。

「よーい、どん」のかけ声やピストルの音と共に、生徒が一斉に走り出すわけですが、僕はこの合図が全くわからなかったのです。

僕は気づかないのです。

ここに並んでと言われ、スタートラインに立ちます。スタートの合図が鳴り、僕の横にいたみんながいなくなります。スタートラインに立っている間、僕は大抵別のことを考えているので、自分がこれから走らなければいけないことなど、すっかり忘れています。スタートの合図がしたら、先生が僕の背中を押してくれます。僕は、二、三歩前に進みますが、すぐに立ち止まってしまいます。先生がもう一度、背中を押す、僕が立ち止まる、この繰り返しでした。

そのうえ、興味のあるものを見つけたら、僕は走っている最中でも、そちらへ向かうのです。ゴールまで走らなければならないことを、僕が覚えていられないせいです。

真っ直ぐ走ることの何が難しいのか、誰も理解できなかったでしょう。

走ることとゴールにたどり着くことは、延長線上の行為なのに、それを意識し続けることが難しかったのです。

意識することと、理解ができないことは、別の問題だと思います。

どこをどんな風に走ればいいのか、図や絵で説明してもらったり、一緒に走ってもらったり、さまざまな方法でかけっこについて教えてもらいました。理解はできましたが、結局僕は、みんなみたいに走れるようにはなりませんでした。

運動会の独特の高揚感は大人になった今も覚えています。かけっこはずっとビリでしたが、それでも運動会が嫌いではありませんでした。

こんな僕でも一所懸命に応援してくれる人たちがいてくれたおかげだと感謝しています。

## 5秒のゆくえ

だんだんと秋めいてきました。空や木々の色が、これまでとは違います。僕はひとり、物思いにふけります。

なぜ自分は生まれてきたのだろう。秋は、何かをじっくり考えるのに、ぴったりな季節と言えます。

遥《はる》か遠くの空を見て、雲の形を確認する。目の前には、緑から茶色に変わりつつある哀しみを帯びた葉っぱたち。虫の鳴き声に、心が揺さぶられます。

僕がここに誕生したことは、ずっと昔から約束されていたこと、それが宇宙における法則。そう考えると少し気が休まります。何もかもが計算された出来事だとしたら、僕のやるべきことも、すでに決まっているはずだからです。

宇宙における法則が人を動かすのか、人が動くから法則は動き出すのか、答えを導き出すために、僕はぎゅっと目を閉じます。

……ふらついた。

時間が流れているのではなく、自分が流されていたのだ。ああ、この世界の仕組みの中では、僕は立ち止まることも許されない。

移りゆく季節に惑わされるな。

生きている自分を自覚しなければ、僕という存在は、この世から消えてしまいます。

そんな恐怖にたじろぎながら、僕はすぐさま瞼《まぶた》を開けます。

時計の針が5秒進んだ。

僕の5秒は、一体どこに流れて行ったのでしょう。

## 大きな空に水しぶき

秋になると、巻積雲《けんせきうん》と呼ばれるうろこ雲が見えます。うろこ雲は、本当に美しいです。

雲の形状がうろこに似ているから、うろこ雲という名前になったのでしょうか。空を見て魚のうろこを想像した昔の人は、すごいと思います。

小さな雲がたくさん並んでいるだけなのに、その雲のひとつひとつを寄せ集めて魚の姿を作り上げる。魚の種類は、見ている人の自由です。どのように泳いでいるのか、どこに向かっているのかも、好き勝手に決めていいのです。うろこ以外は、何も決められてはいないのですから。

どうして、うろこの形にこだわったのか、ふと考えます。うろこ雲以外にも、たとえば「小石雲」「つぶつぶ雲」「ちぎれ雲」など名前の候補は、いろいろあったのではないでしょうか。

実は、僕自身がうろこ雲を見ている時には、魚を想像してはいないのです。うろこ雲は、大空に水しぶきがかかっている光景にしか見えないからです。

空高く広がる小さな雲片たち。

みんなが想像している世界で、うろこのある魚がどれほど大空を回遊しても、僕の想像している空に魚はいません。

同じ景色を見ているのに、そこには全く別の世界が広がっているのです。

うろこ雲を背に僕は腕組みします。

「水しぶきをかけたのは誰？」

誰がどうやって空に水しぶきをかけたのか、その方法を知りたくて、僕は今日も空を見上げています。

# この日ばかりは

ハロウィーンの季節が来ました。

「Trick or treat?（お菓子をくれなきゃ、いたずらするぞ）」

これは、子どもたちが仮装をして各家庭を回る時に言う言葉です。いたずらをすると、普段は大人から叱られるのに、ハロウィーンの日だけは、子どもに偉ぶる主導権が与えられるのです。この日ばかりは、「いたずら」という言葉を聞いても、大人は怒ってはいけません。

「Trick or treat?」と子どもに言われたら、降参してお菓子を渡します。お菓子をもらった子どもは有頂天でしょう。

大人を困らせて、お菓子を手に入れたからでしょうか。いいえ、大人を懲らしめているような気分になれるのが楽しいのだと思います。

お菓子をくれないならいたずらするなんて、そんな都合のいいことなどありません。有り得ない子どもの夢が実現する日が、ハロウィーンなのでしょう。

「Trick or treat?」に込められた子どもの気持ちを想像してみます。

（いつも僕たちのことを叱るけど、大人だって悪いところがあるよ。それが何かは、うまく言えない……）

「I'm scared!（わあ、怖い！）」そう大人は答えますが、この言葉が子どもには、「ごめんね」に聞こえるに違いありません。

子どもはやさしい。お菓子をもらったら、いたずらしない。そして、ハロウィーンの翌日からは、また素直に大人に叱られるのです。

大人という、子どもとは別の人間になる日まで。

## 困っていた休み時間

毎日は、慌ただしく過ぎていきます。予定がない時間というのは、ある意味、贅沢《ぜいたく》な時間といえます。

そんな時間ができたら何をしたいか、旅行や映画、ライブやゲーム、人によってさまざまでしょう。一日中ごろごろ寝ていたい人もいると思います。この時間は何をしても許される時間だからです。

僕が小学生の頃、時間の過ごし方でいちばん困っていたのが、休み時間です。

「好きなことをすればいいんだよ、自由にしていい時間なのだから」

そう言われましたが、今やれる僕の好きなことは何だろう……と考えているうちに、休み時間は終了しました。

僕がひとりで運動場を走り回ったり、砂に字を書いたりしていると、「みんな、あっちにいるよ」と誘われました。手を引いて連れて行かれることもありましたが、みんなの所に行っても、自分が何をすればいいのか、わかりませんでした。

僕の目に映るみんなは、楽しそうでした。きらきらと輝いて見えました。

「何がやりたいの？」と聞かれれば、僕の答えは「ブランコ」。頭には、この単語しか思い浮かばなかったからです。

休み時間に何をするか、当時の僕には、かなり難しい課題でした。

「自由に」と言われたとたん、不自由さを感じます。

それは、自由が何かを知らなかったせいではありません。自由になっている自分の姿を、うまく想像できなかったからでしょう。

現在の僕も、他の人がうらやむような自由時間を過ごしているとは言い難いです。でも、僕なりに自由を満喫することはできるようになったと思います。

# 1という数字

11月1日というのは、日付に数字の1が三つ付く日です。同じ数字がそろうのは、見ているだけでも何だか楽しい。

1という数字には「最初」「始まり」「一番」というイメージがあるからか、「今から頑張れ」と数字から励まされているような感じがする人も多いのではないでしょうか。

数字そのものは、数を表しているだけですが、人はそれに何かしらの意味を与えようとします。だから、ひとりひとり、数字に対する思い入れが違っているのでしょう。「あなたはこんな役目」「君はそうでなくちゃ」と各々の数字に対して、まるで舞台の演出家のように演技指導を行います。数字たちは、みんな素直にその言葉に従います。どう演じるかが決まれば、あとは、それらしく振る舞えばいいのです。

1たちは、みんなピンとしています。どんな時もりりしく、立派に見えます。僕は思わず、「ごくろうさま」と声をかけたくなります。他の数字に比べ、1という数字が持つ魅力は万国共通でしょう。

反面、僕自身は1という数字からは、孤独も連想してしまいます。誰も追いかけてこない山の中で、1がひとり、たたずむ姿を想像してしまうのです。1の視線の先は足元だったり、夜空の星の向こうだったり、その日によって違います。

1は永遠に1なのです。それは、1が誕生した時からの決まりごとで、これから先も変わりません。11月1日は、そんな1に敬意を表する日だと、僕は思っています。

## 絵の中の絵の具になる

文化《ぶんか》の日《ひ》、僕も久しぶりに画集を開いてみました。

有名な画家の絵というのは、ひと目でその人の描いた作品だとわかるところがすごいです。

絵は正面からじっくり見るのが正しい見方だと思いますが、僕は最初に、画集をパラパラとめくり、何枚もの絵を続けて見るのです。こうすると、一枚の絵からだけでは伝え切れない画家のメッセージが伝わってくるような気がします。

次に一枚の絵をあらゆる角度から眺めてみます。上から下から横から斜めから、画集をぐるぐる回して、僕は絵を鑑賞するのです。

正面からでは見ることの出来ない角度の風景や人物の表情が目に入ると、見る方向が違うだけなのに、描かれた形や色が変化して見えます。別の絵みたいに見えてくるから不思議です。そうしているうちに、何だか、自分も絵の中に入り込んだ気分になります。

絵の中の登場人物になるわけではありません。だんだんと僕は自分が絵の具になったような感覚に陥ってしまうのです。

赤、青、黄色……僕の体の細胞が絵の具の色に染まります。

「僕という色をこの絵の中のどこに置こう」

頭をひねるのですが、僕のスペースなど、この絵の中にはありません。

目の前の完成された絵画の美しさに感動しながら、僕は画集を静かに閉じます。

## まだ褒められていない

三歳、五歳、七歳の時に、子どもの成長を祝う行事「七五三」。僕も小さい頃、神社でお参りをしました。

僕が今でも鮮明に覚えているのは、お侍さんみたいな羽織袴《はかま》を着せてもらったこと、そして千歳飴《ちとせあめ》をなめたことのふたつです。

写真に残っている五歳の僕は、腰に差してあった作り物の刀を引き抜き、何やら不思議そうな表情をしています。腰に刀があったから、引き抜いてみたのです。

僕が刀を振り回していると、家族から「あら、あら、そんなことしちゃだめ」と注意されました。でも、僕はまたすぐに、刀を引き抜いてしまいます。それが、その日の唯一の遊びのように、刀を抜かずにはいられなかったのです。

僕の晴れ姿を見て喜ぶ両親。僕が歩くたび、着物を汚さないか、着崩れはしないか、はらはらしながら、僕の後ろをついてきてくれました。はたから見れば、若様と家来みたいだったのではないでしょうか。

神社の境内にいたのは、何組かの同じような親子連れとエサをついばむ鳩たち。

着物姿や袴姿の子どもたちは、ちょっと恥ずかしそうに下を向いています。なぜ、ここに連れてこられたのかは、みんなわかってはいないでしょう。

すたすたと歩く鳩を尻目《しりめ》に、子どもたちは、履きなれないぞうりを履いて、そろりそろりと足を動かします。今日だけは、大人しくしていなければいけないのです。

ご褒美にもらえる、細長いたいそうな袋の中には、とっておきのお土産が入っているに違いありません。

家に帰り袋の中身が「千歳飴」と呼ばれる、長い棒状の飴だったことを知った時、僕はびっくりしました。飴がこんな立派な袋に入っているなんて、思ってもいなかったからです。

この飴を食べ切ったら、神様から褒められるような気がして、僕は一所懸命に千歳飴をぺろぺろなめ始めました。そこまでは記憶にありますが、残してしまった千歳飴がどうなったのかは忘れてしまいました。

だから僕は、まだ神様に褒められてはいないのです。

## 恋愛に関する質問

以前、大学のゼミで登壇した際、学生さんからの質問で、僕が初恋を経験したことがあるかどうか聞かれました。僕は「ありません。恋愛で悩んでいる人を見ると、大変そうで気の毒に思います」と答えました。教室の中に笑いが広がりました。

恋愛に関する質問は、その場が和むので嫌いではありません。ただ、僕のような障害者が、みんなを「気の毒に思う」と言っているのに、みんなは怒ったり、驚いたりしないことに対して、正直戸惑いました。

たとえば、これがお金の話だと、どうでしょう。「僕は、お金で悩んでいる人を見ると、大変そうで気の毒に思います」と言ったとしたら、みんなは不機嫌になるに違いありません。

恋愛に関しては、何を話しても大抵のことは許されるのです。それは、ドラマや映画を見ていても、よくわかります。

恋愛とは、人の心までも広くする力があるのだと思います。だから、みんなは恋の話が好きなのかもしれません。

僕にとって恋愛は、未知の世界ですが、恋愛という感情は抱けなくても、人を愛する気持ちは持っているつもりです。けれど、みんなは彼女がいない僕を、かわいそうだと思っているのではないでしょうか。

障害がある人と、恋愛ができない人。どちらがよりかわいそうなのでしょう。僕は、恋愛がしたくても恋人ができない人以上に、気の毒な存在なのでしょうか。

生きるうえで愛を語る時、最も関心を集めるのが恋愛です。

「恋は落ちるもの」だと言います。落ちた場所から見える空は、どんな大きさの空なのでしょう。

## 逃げるが勝ち

「困難に対して、逃げてはいけない」と言う人がいますが、時には逃げてもいいのではないでしょうか。

どうしようもないことに対して、人は無力だと思うのです。

どれだけ大変な事態に陥っても乗り越えられる人がいる一方、些細《ささい》なことで、つぶれてしまう人もいます。

やってみなければわからないのです。挑戦してみたはいいが、地獄のような状況に陥ることもあるかもしれません。

それなら、逃げるのも人生における選択肢の一つでしょう。

永遠に嘆き続けるくらいなら、逃げてもいいと思います。「誰かのせいではない。自分が悪いわけでもない」と全てを割り切る。物事がうまくいかなくなるたび、自分や他人を責め続ければ、いつか居場所まで失ってしまいます。

僕は、何もしなくていいと言いたいわけではありません。夢に向かって、できる限りの努力はした方がいいでしょう。けれど現実は、自分の思い通りにいくことの方が少ないのではないでしょうか。

「誰もが人生の主人公だ」と言いますが、これだけ多くの人が生きていれば、自分が脇役になる回数が増えるのもいたしかたありません。でも、あきらめることはないのです。主人公よりも脇役の方が、幸せになる結末もあります。

「逃げるが勝ち」

勝つために逃げるという作戦は、昔から存在するのですから。

## 僕の居場所

今日は秋晴れ。雲ひとつない空というのは、本当に清々《すがすが》しいです。深呼吸して胸を張ると、新鮮な空気が肺の中一杯に入ります。これだけでも生きていて良かったと思えるくらいです。自然の力は素晴らしい。

もしも、なりふり構わず動いていいと言われたなら、僕は目の前の道を全速力で走ります。両腕を前に伸ばし、手を開いて風をつかむ、投げる。つかむ、投げる。そして、また、つかんでは投げるのです。つかんだ風は後ろに投げなければいけません。僕は風より速く走りたいからです。走り切ったら立ち止まります。真っ青な空を見上げ、美しさにため息をつきます。じっと見ていると、体中がぶるぶると震え出すのです。近づきたい、あの場所へ。僕の居場所は、足の裏の下にあるこんなちっぽけな地面じゃない。空に吸い込まれたい衝動が、僕の心を揺り動かします。僕は両手を空に突き出し「どうか、この体が引き上げてもらえますように」と心の中で繰り返し祈ります。けれど、いくら待っても迎えは来ません。「まだ、早かったのか」肩を落とし地面を見つめます。その様子を見かねた足が、僕を連れ去るのです。右、左、右、左、一歩ずつ歩き出します。ゴールは決めていないのに、足は、行き先を知っているみたいに僕を導いてくれます。

青空が僕の居場所。空が僕を誘うのか、僕が空を慕うのか、きっと両方に違いありません。この足で、一気に空まで駆け上がれた時、僕の心は混じりけのない青に染まり、今以上に満たされるでしょう。

# 仲間になりたい

道端で、時々猫に会います。

僕は猫を見ると「猫いる！」と大声で叫び、つい追いかけてしまうのです。近づくと、猫は僕をじっと見ます。もっと近づくと、猫は急いで走り去るのです。「敵の襲来だ、逃げろ、逃げろ」とでも言いたげに。その姿を見ていると、僕は自分も猫になったような気分になります。

僕は、心の中で猫に言います。

「ここは僕の縄張り。僕が近づいたら『ニャー』と鳴いて逃げておくれ」

猫は、人をよく観察していると思います。人がどんな存在かわかっているのでしょう。猫にとって、ほとんどの人たちは、車や建物と同じ風景の一部に違いありません。けれど、何人かの人は、自分のことをかわいがってくれる存在です。餌をくれたり、遊んでくれたり、猫自身が生きるために必要な人だと思います。

僕が猫を追いかけるのは、猫が好きだからです。「僕も猫になりたい、猫が僕のことを嫌いでも、僕は猫になりたい」。ドタバタと大きな足音を立て、僕は猫に近づきます。遠くからでも、猫が僕の気配を感じられるように、僕を猫に売り込むために。だけど、大きなお屋敷の猫は、僕のことなんて眼中にありません。広いお庭の中にでんと座り、僕を見下すのです。相手にされない僕は、しょんぼりと家に帰ります。一方、野良猫は忍者みたいにすばしっこいです。猫と僕は威嚇し合い、容認し合う。互角の勝負です。

今日も僕は、家の前を見回ります。猫に僕も仲間だと認めてもらう日まで。

## パニックと興奮の違い

僕は興奮している時、わいわいと騒いでしまうのです。大きな声が出る。あちこち動いて止まらなくなる。歩き回りながら跳びはねたり、手を叩《たた》いたり、とにかく、じっとしていられません。

まるで、野生の猿のよう。自分が何をしたらいいのか、どこにいればいいのかを探しあぐね、結局は元いた場所に戻ってきます。

パニックになっているわけではないのです。

パニックと興奮は違います。僕の場合、自分がわからなくなるほど不安定になっているのが「パニック」で、自分を見失ってはいないのですが、落ち着くことができない状態が「興奮」です。

僕は興奮すると、扇風機の風に当たったり、タオルで顔を拭《ふ》いたりして気持ちを抑えます。興奮し過ぎると、体温がどんどん上昇して、ますます不穏になってしまうからです。感情が爆発しないよう、タオルを噛《か》むこともあります。

「イーッ」「グウー」とうなり声を上げタオルを噛み続けると、抑えられなかった気持ちが、じわじわと静まっていきます。

ここにいても大丈夫だと自分に言い聞かせるのです。

ぐるりと周囲に目を配る。僕の知っているものばかりだ。安心して立ち止まり、椅子に腰掛けます。騒いでいたのも嘘みたいに、いつもの僕に戻ります。

僕は「どうしてあんなに大騒ぎしたのだろう」とは考えません。その疑問に対する答えを、自分自身は持っていないことを知っているからです。

大騒ぎしても、やがて収まります。収まるまでの間、どんな風に時間を過ごすかが、僕の課題です。

## 言葉遊びのフレーズ

「おやっ、おやっ、おやっ」と僕が言ったら、相手には「違うよ、違うよ、違うよ」と言ってほしい。これが今、僕が凝っている言葉遊びです。

深い意味はありません。僕はただ、こんな言葉のやりとりで、おしゃべりしたいだけなのです。

「決まりきったフレーズなんて、会話じゃない」と言う人もいるでしょう。でも、「こんにちは」と言えば「こんにちは」、「いいお天気ですね」「そうですね」など、ある程度パターンが決まっているとされる会話もあります。

うまく話せないのに、言葉遊びのフレーズは、すぐに僕の口から出てくるのです。言葉遊びは、その場にふさわしい会話ではありません。でも、僕がその時誰かとおしゃべりしたいという気持ちは本物です。

「おやっ、おやっ、おやっ」と言っても、「違うよ、違うよ、違うよ」と言ってもらえなかったり、他の言葉で返事をされたりすると、少し寂しい気持ちになります。僕の思い通りに会話が出来ると大満足です。心の中の不満が、ひとつ解決した気分になります。

誰かと言葉を交わす。それは、心が外に向いている証拠でしょう。

会話とは、言葉のキャッチボールだと言います。言葉を受け取ってくれる人がいなければ、僕はいつか言葉を投げかけることすらやめてしまうかもしれません。

自分が望む会話と相手が望む会話、成立させるのは、どちらも難しいです。

## ある秋の夜の物想い

雨の日の夕方は寂しく感じます。秋の物哀しさが一層心に響きます。

窓から外を見ると、人も車も、いつもよりゆったりと移動しています。雨ですべらないように気をつけているのでしょう。そんな時は、時間がゆっくりと流れているような感覚になります。実際には、時間はいつもと同じように経過しているのだから、そろそろとした景色が、僕に錯覚を起こさせるのだと思います。

人のいない山奥で、時間に縛られない生活をしたなら、自分の目で見ている風景だけが頼りでしょう。沈む太陽、山に帰る数羽のカラス。オレンジ色の夕焼けを瞳に映し、夜は木々と眠りにつく。嘆きにも似た音色の虫の鳴き声に、涙をぽろりとこぼしたくなります。秋の夜は、ただ、ただ哀しい。

そんな思いにふけりながら、シトシトと降る雨が心まで濡《ぬ》らさぬよう、僕は道行く人の傘に視線を向けます。

傘が、ゆっくりと動く。傘の中では、みんなどんな顔をしているのでしょう。人の居場所を傘が教えてくれても、その人の表情は読み取れません。

時間はゆるゆる流れているのに、雨の日は暗くなるのが早いです。

「いつの間にこんな時間になったのだろう」

心の中でつぶやきます。振り返った僕の目に飛び込んできたのは、蛍光灯の部屋の明かり。その光が、いつもの日常を僕に返してくれました。

## 最後の一葉

きれいな紅葉を見ると感動します。黄色や赤の葉っぱは、緑色とは違う美しさがあります。

はらはらと落ちる葉っぱ、これが命の終わりなのです。僕は一枚の絵画を見た時のように、この情景を記憶の底に仕舞い込みます。

紅葉が美しいのは、最後には、すべての葉っぱが散ってしまうからかもしれません。今の時期にしか見られない、限りある美しさが人の心を魅了するのです。

僕は、散っていく葉っぱを見ている間、何も考えていない。何も考えられない。何も考えてはいけない。そう、頭の中は空っぽになります。

葉っぱが散る、散る、散る、散る。

落ちた葉っぱの上に、次の葉っぱが積み重なります。それを運ぶのは、風の役目。ここにいてはいけないと、やさしく肩を抱き、最後の旅へ連れ出してくれます。

僕は、その様子を目で追います。何度も見ている風景なのに、初めて目にした子どものように、目をそらすことができません。

一枚、一枚、葉っぱは散っていく。最後の一葉になる頃には、もう誰も紅葉に感動してはいません。見てはいけないものを見てしまったかのように、みんなは肩をすぼめ、目をふせます。

さようならの言葉は、まだ言えない。

いつか自分にも、同じ時が訪れる。だから、最後の一葉は、視野に入れてはいけないのです。

## うきうきする日

今日は、秋の終わりとは思えないような気温です。晩秋から冬の初めにかけての暖かく穏やかな晴天の日を「小春日和」と呼びます。外にいても気持ちいい、こんな天気がずっと続けばいいのにと思います。

暖かいお日様の光が降り注ぎ、ひんやりとした風が吹く。紅葉狩りをしながら、足元に咲いているタンポポに気を配り歩きます。秋だけど春の気候を体感できる贅沢な時間です。

冬に向けての準備を始めるこの時期、日が暮れるのも早くなって心細くなります。それでも、小春日和の日は、うきうきするのです。冬が来ることを忘れ、ほんわかした陽気に、心行くまで浸っていればいいからです。

心地いいお天気は、人の心を幸せにしてくれます。

秋に、春という季節の言葉を用いるところに、冬に対する気構えを感じます。

厳しい冬の前に訪れる温和なお天気、まるで春みたいだ、昔の人たちも、そう思ったに違いありません。

秋なのに、今日だけは春なのです。春という言葉を口にして、少しだけ冬を遠ざけます。

冬の備えに必要なのは、心のゆとりなのだと思います。

コラム

## スポーツ観戦

スポーツの秋になりました。僕もテレビでいろいろな競技を見ています。信じられないような選手の動きを見るたび、同じ人間とは思えないくらいの体の動きに驚くばかりです。

僕は、ボールを手から離すことさえ苦手です。

小学生のとき、体育の時間にソフトボール投げの能力を学校で測定していました。ソフトボール投げのテストは、瞬発力や運動のタイミングをとる調整能力を評価することを目的としています。男子は、小学一年生では８ｍくらい、六年生になると25メートルくらいは投げられるようになるそうです。

僕は、ボールを持っている手をいつ開けばいいのだろうと思っているうちに「投げて」と言われて投げます。けれど何度やってもそのボールは僕の足元に落ちて転がっていました。

「向こうに投げるんだよ」と注意されますが、どうやったら遠くに投げられるのかわからず、空に放り投げるイメージでボールを放したら、1mくらい前に飛ぶようになりました。

応援してくれていたクラスメイトから「おーっ」と歓声が上がり、僕も嬉《うれ》しかったです。

僕は運動神経が悪いので、スポーツは全般に苦手ですが、スポーツを見るのは嫌いではありません。最初から最後まで、じっと見ることはできませんが、テレビがついていると、ちらちら見ます。

僕がスポーツをどんな風に楽しんでいると思いますか?

たとえば野球ならスコアボードに注目しています。数字が好きだからです。

バスケットボールなら選手がシュートを打ち、ゴールネットからボールが出てくるときのネットの揺れ方を見ています。毎回シュートのスピードや角度が違うので、ゴールネットの揺れ方も違うからです。選手の動きは速すぎて追うことができません。

サッカーや陸上は、選手の足に興味が惹《ひ》かれます。僕は回転するものが好きなのですが、走っているときの足の動きは、横から見るときれいな丸になり、芝生やトラックの上をいくつもの円が転がっているみたいに見えて、僕の目は釘付《くぎづ》けになります。

僕はスポーツのルールはよくわかりませんが、スポーツを見て楽しんでいます。

スポーツがわからなくても楽しむことができるのは、試合を見て「どっちが勝っているか」や観客の声援が聞こえてくると「何がすごいか」など、教えてくれる人のおかげです。一緒に楽しもうとしてくれる人がいるから、僕も見てみようかなと思えるのです。

スポーツにあまり関心がなさそうに見えても、国際大会などで日本が勝つと「良かった」と思う気持ちは、他の人と同じように僕も持っています。みんなで喜び合っているときには、僕にも笑いかけてくれたら嬉しいです。

# 第五章　一年を振り返らない

明日の自分に期待できなくても
今日と同じ一日を過ごすことができれば
百点満点
（「満点」）

# 空を一人占め

冬晴れの日は、気持ちがいい。空気が澄んでいて、遠くの景色もよく見えます。特に風のない日は最高です。

ドライブをしていても、ルンルンな気分になります。

あっ、カラスだ。

一羽のカラスが、目の前を飛んでいきます。水色の空に黒いカラス。少々アンバランスな組み合わせですが、それもいいと思わせてくれるような空。僕は、こんな冬の空の寛容さが気に入っています。

気持ちよさそうに飛んでいるカラスを見ていると、僕も空に向かって叫びたくなります。

「おーい！」「わーっ！」「あーあーあー！」こんな風に。

カラスが、電柱の上に止まって首をかしげます。この絶叫は違うのか。

「ラッラララ」「ヘイヘイヘイ」「ドレミファソー」今度はミュージカル調に変えてみ

たよ。

カラスは、気乗りしない様子で僕に背を向け、大空の彼方《かなた》へ去って行きました。これも、おかしかったのかな。僕は、少し恥ずかしくなります。

カラスがいなくなった後、水色の空の下に、ひとり取り残された。僕は今、この空を一人占めしているのです。嬉《うれ》しさ以上に、申し訳なさが心にじんわりと広がります。純然たる冬の空を、僕という存在が汚してはいないだろうか。おじけづいた僕は、こっそりと身をかがめます。

水色の空が僕を許してくれても、僕の心は、自分の存在を受け止め切れないのです。

## 蓑虫になりたかった

僕は小さい頃から蓑虫《みのむし》に興味がありました。

蓑虫は、蛾の幼虫です。葉や小枝で作った巣の中にいます。

昔、自分が布団にくるまっている時、僕は蓑虫みたいだと感じていました。ここにいれば守られているような気がしたのです。「何から？」きっと、自分が嫌だと思っている全てのものからでしょう。

蓑虫は、蓑の中に入っていれば、安全だと思っているのでしょうか。

けれど、蓑の周りの外界は危険がいっぱい。蓑の中は、逃げ場にはなっていないように見えます。

自分の周りをしっかりと防御し、蓑の中に居さえすれば心配はないと思っている蓑虫。

蓑の窓から見える空は、小さな丸い空なのです。本当の空は、こんなにも広いのに。もぞもぞと蓑の中でしか動けない蓑虫はかわいそう。でも、僕も同じなのかもしれません。

朝になり、僕は布団から起き上がります。すると、世界は一度に開けるのです。体温が、一気に周りの空気に奪われて、身震いする僕。

蓑虫になりたかった僕は弱虫か、そんなことはありません。

パジャマから洋服に着替えた僕は、布団を畳みます。

蝶《ちょう》になることはない蓑虫。蓑虫も、いずれ外の世界に飛び出します。その時、蓑虫は、また蓑の中に戻りたいと思うのでしょうか。

そんなことはありません。

## 近くにある美しいもの

僕は車を見ると、すぐに走っている車のタイヤに目がいってしまいます。回るタイヤは僕にとって、永遠の美を感じさせてくれるもののひとつです。

車やタイヤの種類、スピードは関係ありません。散歩の途中や部屋の窓から、目についたタイヤ一個の回転を見続けます。楽しい気分とは少し違います。どちらかといえば、そうせずにはいられないといった感覚です。タイヤがリズミカルに回る。くるくる、くるくるくる。その様子を見ている僕の心も、坂道を駆け下りる時のようにはずむのです。

僕の目はタイヤに釘付《くぎづ》け。徐々に、タイヤが回転しているのか、自分が回っているのか、わからなくなります。遊園地にあるコーヒーカップの乗り物に乗っている時のような感じに近いのかもしれません。

小さな宇宙。僕の瞳《ひとみ》に映っているのは、地上に居ながら見ることが出来る、タイヤに描かれた美しい銀河の流れ。この形状が止まることがないようにリズムをとるのが、僕の役目です。指揮者みたいに右手の人差し指をぴんと立て、タイヤの回転に合わせ円を描くと、どのタイヤも僕が動かしているかのように、規則正しくリズミカルに動き続けてくれます。しばらくすると、僕は満足して、一仕事終えた人のごとく肩の荷を下ろし休憩します。

こんなに美しいものが、すぐ近くにあるのに、他の人にはあまり関心を持ってもらえないのは残念です。

## 大昔からの習性？

日中の時間が短い冬の日。日照時間の短い日のことを「短日《たんじつ》」と言います。同じように日の長さや短かさを指す表現として、春には「日永《ひなが》」、秋には「夜長《よなが》」、夏には「短夜《みじかよ》」という言葉があるそうです。

僕の住む地方でも、この時期は、夕方五時くらいに日が暮れます。

夜の時間が長ければ、僕が家にいる時間も自然と長くなります。外が暗くなって出歩く習慣があまりないからです。子どもみたいだと思われるかも知れませんが、子どもっぽいというよりは、夜は出歩かないという大昔から人に備わっている習性が、僕には強く残っているせいではないでしょうか。

日が昇れば外で活動し、日が沈めば家に帰る。それが、人の本来の生活なのだと思います。

夜のとばりが下りる時、僕の一日も終わります。

同世代の若者たちの中には、夜を徹して仕事をしている人たちや遊んでいる人たちもいますが、僕には、とても真似できません。僕の脳と体が、どんな時も規則正しい生活を優先しようとするためでしょう。

僕はやりたいことを我慢しているわけではないのです。夜活動することに、普通の人以上にストレスを感じてしまいます。そのため、自宅でいつもの毎日を過ごす方が、気持ちが落ち着くのです。

冬の夜は長い。一日は二十四時間だということは変わらないにもかかわらず、何故か少し寂しい気分になります。あれもこれもしていないとやきもきします。そんな心境は僕も同じです。

気になりつつも、日暮れと共に今日という日を終了する。それが、僕にとっての自然な一日の営みだからです。

# 知らない人の隣で生きる

「知らない人について行ってはだめ」と小さい頃、先生や親から言われていました。僕は、知らない人というのは誰のことなのか、よくわかりませんでした。会ったことのない人なのか、話したことのない人なのか、それとも親しくない人のことなのか、基準がはっきりしません。

知らない人について行くと、ひどい目にあうらしい、それは嫌だ。叩《たた》かれたり、怒鳴られたり、閉じ込められたりするのだろうか。ああ、恐ろしい。もう二度と家には帰れないかもしれない、そんなことを考えました。

学校には知らない人はいませんでしたが、時々、嫌なことはありました。からかわれたり、笑われたり……それでも、学校は安全で安心な場所だと思っていました。だから学校を卒業したら、どれだけ辛《つら》い世界が、僕を待ち受けているのだろうと怖くて仕方なかったのです。

やがて、僕は大人になり、この社会の一員になりました。学校のように、僕を守ってくれる囲いはなくなりました。

今、僕が毎日、おびえながら息をひそめ生活しているかと聞かれると、そんなことはありません。大人になって気づいたことのひとつは、社会は学校より自由だということです。周りは知らない人だらけですが、面と向かって僕のことを馬鹿にする人はいません。むろん、相手の心の中まで覗《のぞ》き見ることはできないので、本当の気持ちはわかりません。けれど、子ども時代に比べ、僕はずっと楽に生きることができています。

知らない人が知っている人になることはないのかもしれませんが、知らない人の隣で生きることは、僕にとって不幸ではなかったのです。

## いらいらの怪物

いらいらがひどくなると、どうしようもなくなります。まさに、頭に血が上った状態です。

その時は、周りの人が何を言っても聞こえないし、何も見えません。落ち着いてと注意されますが、僕が戦っているのは、僕自身の気持ちではないのです。自分の目の前に、突如、悪魔のような怪物が現れたとしか言いようがありません。妄想とは違います。何かが見えたり、聞こえたりしているわけではなく、たぶん、心に潜むやるせなさが、怪物と対峙《たいじ》しているような気にさせるのでしょう。

僕は、怪物に勝つためにワーワー叫び、跳びはねます。何かしなければ、精神が壊れてしまいそうになるからです。苦しみ抜いた先に僕が目にする景色は、荒れ果てた荒野か、はたまたきれいなお花畑か。

しばらくして正気に戻った僕は、後ずさりしながら薄目を開けます。

「ああ、また、やってしまった」自己嫌悪に陥ります。心の中では、みんなに謝っているのに、言葉にならないせいで余計にへこみます。

なぜ、こうなってしまうのかは僕にもわかりません。そんな僕に手を差し伸べてくれるのが家族です。肩を叩いて、こんなこともあるさと笑ってくれます。こうして僕は、また、いつもの日常に戻るのです。

僕が、いらいらを止めることは難しいです。けれど、四六時中いらいらし続けているわけではありません。そう思い直し、僕は明日《あした》も元気に生きます。怪物は、再び現れるでしょう。今度こそはヒーローになって、戦い抜きたいです。

## 僕のもやもや

「静かにしなさい」と僕はよく怒られます。

静かにできない僕が、こんなことを言っては何ですが、周りの人も結構うるさいと思います。

会話が苦手な僕と比べ、みんなはぺらぺらと際限なく喋《しゃべ》り続けることができます。言葉にどれだけ自分の思いが込められているのか、それは、言葉数だけではわかりません。そして、会話から得られるものは、喜びだけではないのです。話すことによって、日々人は傷つき、誰かを傷つけているからです。

僕は、奇声を上げたり、意味不明な言葉遊びを繰り返したりして、みんなに迷惑をかけてしまうことが多いです。でも僕だって、少なからず周りの人の会話に我慢しています。

自己主張の上手な人だけが、偉いわけではないと思うのです。聞きたくもない話から逃げることもできず、意見も言えない。ただそこにいることしかできない人の気持ちは、他の人に理解してもらうことは難しいでしょう。

言葉を自由自在に操れる人などいないのです。言葉は無限に存在するうえ、人によって捉《とら》え方もさまざまだからです。とてもひとりの人間が思い通りにできるものではありません。

みんな人の話を聞いているようで、それほど聞いてはいないような気がします。聞き流さなければ、大量の言葉を脳が処理できないためでしょう。

僕の声は大きいし、脈絡もない単語が突然口から飛び出すこともあります。だから、みんなをいらいらさせるのですが、みんなの話も矛盾だらけで、僕をいつも、ももやさせています。

## 山は見ている

今日は、富士山《ふじさん》がよく見えました。

年に何回か、僕が住んでいる所から、大きく富士山が見えることがあります。その姿は雄大で、とても神々しいです。感動のあまり立ち尽くし、合掌せずにはいられなくなります。富士山は、日本一の山だと実感する瞬間です。

山という存在から、僕は先祖を連想します。

僕の祖先も、こんな風に山を眺めていたかと思うと、何だか不思議な気分になります。亡くなった人たちとは、もう語り合うことはできませんが、先祖が山を見ていた心情を推し量る時、時代を超えた絆《きずな》を感じます。

山を見つめ、心を鎮める。悩みも迷いも、この世の全ては幻で、一瞬で消え去ってしまうものなのです。山は、そう僕を諭してくれます。

山は、僕が生まれるずっと前から、この世界を見ていました。人々が泣き、笑い、怒るのを何も言わずに見届けてくれたのです。

僕たちが山を愛するように、山は僕たちを愛しているのだろうか。

山を前に僕は頭を下げます。泣きたくなるほどの悲しみも、すがりたくなるほどの苦しみも、たいしたことではないと山は僕に告げるでしょう。

じっと山を見ていると、気持ちが落ち着いてきます。それは、誰かに相談するほどの悩みではない僕の小さな心の傷を、山が癒《いや》してくれるからだと思います。

山よ、ありがとう。

# 湯気のサイン

食べることが好きです。僕は、一日三食しっかり食べます。温かい食事は、熱々のまま食べたいです。だから、冷めた物は鍋《なべ》で沸騰させたり、電子レンジで再加熱したりするのでしょう。僕も同じです。

どれくらい温まっているかは、食べてみるまでわかりません。僕はそれを、よそったお茶碗《ちゃわん》やお皿から出る湯気で判断しています。触れてみてもいいですが、湯気の方が確実です。目で見てわかるからです。

ほかほかの湯気が出ていると嬉しい、幸せな気分になれます。

どんな料理も出来たてが一番おいしいはずです。湯気は「さあ、どうぞ、食べてね」が伝わるサインなのです。

湯気の向こうに家族の笑顔が見られれば最高。

一日の出来事やニュースについて語り合った後、何でもない話題で盛り上がります。ひとりが大笑いすると、つられて誰かが笑う。どうして笑っているのか、よくわからないくせに、もうひとりも笑う。今日はやけに湯気が目にしみます。

ポーカーフェイスの僕は、その場では笑わないけれど、あとで思い出し、くすくす笑います。

家族で食卓を囲む様子は温かいです。

## 砂時計の中の僕

和食レストランに行ったら、テーブルの上に砂時計が置いてありました。

そこでは、ご飯は小さな釜《かま》で、ひとりひとり炊くというスタイルでした。食事が運ばれてきたら、まずはご飯の釜の蓋《ふた》を取り、しゃもじでかき混ぜ、もう一度蓋をして二分間蒸らす。そのための砂時計です。

砂時計を見た瞬間、僕の妄想が始まります。

砂時計の中に入り込んだ僕が、砂時計の下の部分で膝《ひざ》を抱え座り込んでいるような気分に陥ります。砂が、顔や肩にふりかかる。背中をつたい砂時計の底に積もり続けます。さらさらと上から落ちてくる砂の感触が気持ちいい。気づくと僕は、いつの間にか首まで積もった砂の中で身動きもできず、息苦しさを感じているのです。だけど、砂時計をひっくり返されたとたん、砂は僕の目の前から消えました。安心したのもつかの間、また、すぐさま砂が頭上から降ってきます。僕は、再びうっとりと砂の感触に浸りますが、「食べてもいいんだよ」と家族に言われ、我に返るのです。

砂時計の中の僕は消えました。こつ然と砂時計の中からいなくなってしまいました。

白昼夢だったのでしょうか。

「今日は大人しいね」という家族の言葉が聞こえてきました。みんなが見ていたのは、生気を吸い取られたようなうつろな僕だったのかもしれません。

いつもの自分に戻った僕は眼鏡を曇らせながら、はふはふとほかほかのご飯を口に運びます。

ご飯を食べ終えれば、砂時計を見ても、僕がもう一度その中に入り込むことはありません。

「おいしいね」「うん」

砂時計の中より、やっぱり現実の方がいいよね。

## ご飯とおかずの関係性

僕は、食事をする時には、ご飯から先に食べます。

ご飯には、ふりかけをかけて食べることが多いですが、ふりかけがなければ、そのままご飯だけを食べます。ご飯を食べ終わったら、次におかずを一種類ずつ食べます。ひとつのおかずを食べたあと、次のおかずを食べるという風に、順番におかずだけを食べるのです。汁物もおかずのひとつなので、汁物を全部食べ終わるまでは、他のおかずは食べません。

おかずを食べる順番は、その日の気分で決めています。どうして、ご飯とおかずを交互に食べず、そんな食べ方をするのかというと、ひとことで言えば、僕は口の中で、いろいろな味が混ざるのが嫌いだからです。

「ご飯だけ食べても、おいしくないでしょ」と何度も言われましたが、僕の味覚は、別々に食べることを好んでいるので仕方ありません。僕は、これで満足しているのです。ご飯は、ご飯だけでも十分おいしい。ご飯をおかずと一緒に食べるのは、ご飯のためではなく、おかずのためだと思うのです。

食事は楽しく食べた方がいいというのは、その通りです。

僕は、小さい頃「三角食べ」といって、ご飯とおかずと汁物を交互に順序よく食べる練習をしたことがあります。

とうとう「三角食べ」はできるようになりませんでしたが、僕が大人になって、食事の時間が何より待ち遠しいと思えるのは、幸せなことといえます。

## 僕の漢字の眺め方

漢字というのは、おもしろいです。一字だけでも、それぞれの文字に成り立ちや物語があるからです。

文字で表現する際、漢字、ひらがな、カタカナでは、同じ言葉でも印象が違ってきます。どれを使うかは、文脈によって考えなければいけませんが、文字の中で、僕は漢字が一番好きです。漢字を見ると、へんとつくりを分解したり、別の漢字を並べて、熟語をつくったり、新しい言葉をつくったりして遊びます。

漢字本来の意味とは関係なく、ひとつひとつの漢字には性格があるような気がしてなりません。人と似ていると思うのです。僕と漢字との関係性に、一字一字距離を感じます。その漢字をつかう頻度が高ければ近いわけではなく、それぞれの漢字に対する思い入れの強さに差があるのです。

全体のバランスや形の美しさによって、僕の好きな漢字は決まってきます。そのひとつが「三」です。

横線が三本並んでいるだけですが、「三」を見ている時、僕の目は、線ではなく、線と線の間の空間に引き寄せられます。微妙な長さの三本の線に挟まれた二つの空間は、分けられたというより、離れないようにくっつき、ひとかたまりになるために並んでいるように見えます。

空間の調和と線の均整が取れた文字。それが漢字の「三」だと思います。

## 見るべきか、聞くべきか

僕は、人の顔が覚えられません。小学生の頃は、毎日会っているクラスメイトでさえ、誰が誰だかよくわからなかったので、その子が誰かを知るには、洋服についている名札が頼りでした。

体形に特徴があったり、眼鏡をかけたりしている子は、比較的わかります。それでも、教室以外の場所で会うと、誰だかわからないのです。

家族を見間違えることはないです。けれど、それは長年一緒にいるからというより、声で区別できているのだと思います。僕にとって声は、相手が誰だか知るための重要な情報源です。

視線が向いていなければ、「見ていないとわからない」と注意する人がいますが、僕の場合、見ることと聞くことを同時に行うのは難しいです。日常生活であれば、見ながら聞いていても、それほど不便を感じませんが、見ることに集中すると、相手が何を言っているのかわからなくなり、聞くことに集中すると、自分が何を見ているのかわからなくなるのです。

だから「見る」か「聞く」か、どちらの機能を優先すべきか、僕は場面に応じて使い分けています。

たとえば、テレビでニュースやドラマが放映されていると、画面は見ずに聞いています。画面を見ない方が、言葉を正確に聞き取ることが出来るうえ、想像力を働かせることで、自分の中では何倍も楽しめるからです。

インターネットの動画は見ることを優先しています。画面のインパクトが強く、あっという間に終わってしまうものが多いので、僕は動画を写真のように目に焼きつけて、頭の中に保存しています。

## 特別な存在

僕の仕事場から、観覧車が見えます。かなり遠くなので、その観覧車は、一円玉よりずっと小さいです。夕方になると、観覧車に電気がつきます。小さな小さな明かりが、ちかちかと光り、それを見て、僕はため息をもらすのです。

電気がつかない日は、残念に思います。会いたい人に会えなかった気分です。今日は、どうしたのだろうと心配になります。ずっと離れた場所にある観覧車に、僕は恋しているのかもしれません。

観覧車の周りには、ビルや工場など、たくさんの明かりがついています。どの明かりも星のように美しく、きらきらときらめいているのに、僕にとって、一番奥に見える観覧車の小さな小さな明かりは、特別な存在です。

自分が乗ったことのある観覧車の明かりだから、惹《ひ》かれてしまうのだと思います。

明かりの美しさではなく、思い出の愛《いと》おしさが、僕の気持ちを切なくさせるのでしょう。

高い所から三六〇度見渡すことが出来る観覧車から見る景色は素晴らしいです。自分が鳥になったような気がします。観覧車に乗ると、ゆっくりと地面から体が浮いていきます。現実との乖離《かいり》。自分が住んでいる場所、そして世界とも一時のお別れです。僕は心を落ち着かせ、景色が下がって行く様子を真っ直ぐに見つめ続けます。

観覧車が一番高いところに到達すると、世界を手にしたような気分になりますが、その時間は一瞬で、すぐに降下。徐々に僕の体は重くなります。気がつくと、観覧車は、地面と同じ高さに戻っているのです。

観覧車の明かりは、「ここにおいでよ」と僕を誘ってくれているようです。「また行くね」と伝えたいのに、伝える術《すべ》がありません。僕はしょんぼりしながら、遠くの観覧車に手を振ることしかできません。

# 本当のサンタクロース

クリスマスは、特別な日です。僕の家でも、家族でごちそうやケーキを食べます。サンタさんに会いたいという思いを、僕は子どもの頃から持っていました。今も心のどこかに、この気持ちは残っています。

サンタさんに会って、どうするのか。

それは、僕自身にもわかりません。ただ、会ってみたいのです。

サンタさんに会えたなら、僕は、「サンタさん、今までありがとう」とお礼を言うでしょう。サンタさんは、うん、うんと、うなずいてくれるに違いないと思います。

僕は、どんなにサンタさんに会いたかったか、思いのたけを語ります。

「君はいい子だね」サンタさんは笑いながら、大きな袋からプレゼントをひとつ取り出し、僕に手渡してくれるかもしれません。

「もう大人になったから、プレゼントはいりません」僕は、すぐさま断ります。

サンタさんからのプレゼントは何だったのでしょうか？

それはきっと、クリスマスツリーの前で、僕と家族が写っている一枚の写真だと思うのです。

思い出をたどらなければ見えてこない景色があります。

思い出として残すには十分でない風景があります。

本当のサンタさんは誰なのか。自分の部屋にいた僕は、大急ぎで家族のいるリビングに戻りました。

## 思いが残るということ

空にぽっかりお月様、きらきら輝くお星様。

こんな風に月がきれいに見える夜は、僕たちも宇宙の中で生きていることを、実感させられます。普段の生活の中では、あまり意識したことはありませんが、夜空を見れば、地球も宇宙の星の一つだとわかります。

月を見ていると、哀しい気分になることがあります。それは、月に託した人々の思いが、僕に伝わってくるからでしょうか。今はもう、この世にいない人たちの分まで。

思いが残るというのは、どういうことなのでしょう。

人が、何かを伝えようとする時には、誰かに向かって話をします。けれど、自分の気持ちの全てを伝えることは難しいです。なぜなら、人の思いは、次から次に溢《あふ》れ出るもので、どれだけ話をしても、これで十分だとは思えないものだからでしょう。ああ言えば良かった、こう言えば良かったと後悔することも多いです。そんな時には、月を見上げ、独り言みたいに心の中にたまった言葉をつぶやき、気持ちを整理します。ため息まじりの言葉は、ゆっくりと天にのぼり、やがて宇宙の闇に吸い込まれていく。迷い子のような言葉たち。お母さんみたいな月のそばで、静かに昇華されるのでしょう。

誰が何を言ったかは関係ありません。昔も今も、僕と同じように、この月を見つめ、嘆いた人がきっといたのです。

## ドラマは最後に訪れる

人生とは、なかなかうまくいかない。そう思っている人も、かなりいるでしょう。もし、その人にとって、これまでの道のりが辛いことの連続だったなら、幸せになるイメージを持って生きることは難しいかもしれません。いつかは幸せになれる、そんな希望を抱けない人もいると思います。

望み通りにならなかった場合、失望し過ぎないためには、自分の心が傷つかないような安全策が必要です。

夢の実現には、相当の覚悟がなければいけません。人一倍の努力をするだけではなく運も必要です。これは、大変なことに違いありません。一所懸命やっても、うまくいかなかったら、どうしたらいいのだろうと思うのが普通です。だからといって、だめだった時のことを考え、期待し過ぎないでと自分に言い聞かせるのは、何だか悲しい。

挫折《ざせつ》して立ち直る。そして、また挫折する。人生とは、その繰り返しなのでしょう。「たとえ目標が達成できなくても、最後の最後に立ち直ることが出来ればよし」と思えたなら、心が傷つかないための安全策はなくてもいいような気がします。

困難に負けない姿は美しい。どれだけ幸せになったのかと同じくらい、どんな風に幸せになったかにも価値があります。

ドラマは最後に訪れるのです。

## 一年を振り返らない

年末になると一年を振り返るという人もいますが、僕自身は、あまり振り返りません。時系列にそって、一月から十二月まで順番に起きた出来事を思い出す作業が苦手だからです。

僕の記憶は、他の人とは少し違っていると思います。何かを思い出す時には、編集された動画のようなものを頭に思い浮かべるわけではありません。過去の出来事は、写真のように一場面、一場面がばらばらで、過ぎ去ったとたん、瞬く間に僕から離れ、遥《はる》か遠くへ飛んで行ってしまうのです。

記憶を思い起こすたび、まるで、夜空の星を眺めている心地になりますが、僕が思い出の美しさに酔うことはありません。数え切れないほどの過去の場面を前に、迷子の子どもみたいに、べそをかくだけです。

記憶したそれぞれの場面を見れば、自分がしたことを思い出せますが、どれとどれが結び付くのか、関係があるのか見当もつきません。

いつしか記憶を繋《つな》げることを諦《あきら》め、僕は静かにひざまずきます。

多かれ少なかれ、過去を前にすれば、誰もが罪人に違いありません。いつどこで起きた出来事だったのか、なぜそんなことをしたのか、僕は弁解もできず、懺悔《ざんげ》の言葉も浮かばない。

僕にできるのは、今を一所懸命に生きることだけです。

過去に別れを告げ、僕は立ち上がります。そして、前だけを向いて歩いて行きます。

## どんな人にも平等に

今日という日を振り返るのは、いつでしょうか。

学校や仕事からの帰り道、夕食を食べている時、眠りにつく直前など、みんなそれぞれだと思います。

僕は、夕方散歩している最中、一日を振り返ることが多いです。どこで何をしたかを思い出しているわけではなく、今日が僕にとって、どのような日だったのか、思い返しているのです。

けれど、朝起きてから寝るまでの出来事を、僕は、きちんと覚えてはいません。夕日を見ながら、今、自分が、どのような気持ちでいるのかを確かめます。心の中が平穏であれば、いつもと変わらない一日だったと思います。そして、静かに沈む夕日に見とれながら、決して西の空から浮かび上がることのない太陽に「さようなら」を告げるのです。

心の中がざわざわしている時には、自分に向かって「どうしたの？」と尋ねてみます。すると脳が、その問いに答えるかのように、記憶から、今日起きた出来事のワンシーンを引っ張ってきて、僕に見せてくれます。「また、こんなことをやってしまった」と落ち込む僕。夕日が僕の体を照らします。ここにいるのも申し訳ない気分でいる僕に、光が当たります。顔をそむけてはいけないと教えてくれます。

夕日はその美しさで、人の心を魅了します。どんな人にも平等に。

僕は、潔く反省します。

こうして今日という日の最後に、身も心も清められるのです。

## 大晦日の過ごし方

大晦日《おおみそか》、今年も今日で終わるという感慨にふけっている人もいると思います。

僕はといえば、あまり代わり映えしない一日を過ごしています。

お正月の準備に追われている家族の手伝いをしながら、そうそう一年の終わりはこんな感じだと、頭の中から十二月三十一日の記憶を引っ張り出し、いつもと違う状況でも慌てないよう、自分に言い聞かせているところです。

昨日と同じ時刻に夕食を食べ、お風呂《ふろ》に入り布団で寝る。夕食の献立は年越しそば、テレビ番組は紅白歌合戦《こうはくうたがっせん》ということは決まっています。

僕は夜中に目が覚めなければ、除夜の鐘は聞かないと思います。家では規則正しく生活しています。窮屈そうだと感じる人もいるかもしれませんが、僕自身は窮屈でも退屈でもありません。大晦日は特別な日だからこそ、普段通りに過ごし、気持ちを落ち着かせたいのです。

新しい年に期待する気持ちは大きいです。

過去は戻ってこないが未来は変えられるという人もいますが、最近の僕は、過去も未来も変えられるのではないかと考えています。今が良ければ、人は辛かった過去さえも肯定できるからです。

現在の自分が幸せなら、それまでの道のりも、自分をより輝かせるためのステップのひとつだったと信じられます。辛い過去が、ひとつのいい経験だったと思えるのです。このままの自分を、まるごと受け入れられるのでしょう。

コラム

## 「時間」と「次にやるべきこと」

「時計見て」という言葉は、今も僕の口から独り言のように出てきます。

学校に通っている時に繰り返し指導されていたからだと思います。時計を見て何時か確認して、自分で動けるようになることが、僕の目標でした。

その結果、僕は「時計見て」と言われるたびに、時計を見ることができるようになりました。でも、その時には、今何をしなければいけないかとか、残り時間を気にしていたのではなく、僕はただ時計を見ていただけだったような気がします。

そのつど先生は「今○時だから、何をすればいいかな。次の予定も考えて動こう」と声をかけてくれました。

「時計を見て」と言われて、時計を見ると褒められます。「今、何時か」という質問にも答えられるようになります。

○時だから何をしなければいけないのか先生が説明してくれて、僕は（ああ、そうなのか）と思います。でも、だからこうしようという行動には結び付かなかったのです。

なぜ先生の指導が頭に入ってこなかったのでしょうか。

それは、時計を見ることを指示されると、時計を見ることが、僕の「次にやるべきこと」になっていたからでしょう。そこで、ひとつの場面が完結してしまうのです。

僕の記憶は、線のようではなく点のようだと思っています。だから、頭の中には場面としての記憶がたくさんあるような感じです。その場面の始まりから終わりまでがどこまでかは、その時々で違います。

昔は指示されて、その時間になったら動いているような感じでしたが、今は自分なりに必要があれば時計を見て動けるようになりました。

理由はふたつあるような気がします。

一つ目は大人になって、生活の中で「時計を見て」と言われて「時計を見る」というパターンがなくなったこと、二つ目は生活の流れを人が決めるのではなく、自分が決めるようになったからだと思います。

自分で決めても時間に追い立てられているように感じることはありますが、どうしたらその時間に間に合うのか、自分で調整することができるようになりました。

僕の調整は、その時間までにいつもしていることを急いで全部することではなく、いつもしていることの中で、しなくてもいいことを見つけることです。その時間までにいつもしている行動が五つあったとしたら、時間がなければ三つにするのです。

ひとつひとつの行動を、いつも通りにしなければ、少しでもタイミングがずれると、最初からやり直したくなります。すると余計に時間がかかり間に合わなくなってしまうのです。

自閉症といってもひとりひとり違います。それぞれに合う生活スタイルが見つけられるといいのではないでしょうか。

## 詩　空を見上げる

空に吸い込まれそうになる時
人は自分が鳥になっているのだと
思っているわけではない

鳥は鳥
人は人
その違いをわかっていながら
人は空に思いをはせる
大空に飛び立とうとする
なんて素敵な錯覚

この空に憧《あこが》れを抱いた人は
いつか自分が鳥になると思ってはいない

羽のない人間のまま
大空に飛び立とうとするのだ
なんて無謀な空想

鳥は鳥
人は人
その違いをわかっていながら
人は大空を舞う自分を
頭に描き続けるのである

羽ばたいた
それは一瞬の出来事
瞬《まばた》きがすむと視線を落とし
自分の足が１㎜も地面から浮かんでいないのを確認したら
前を見て歩き始める

鳥が歩くより速く
鳥が飛ぶよりゆっくりと
自分のペースで地面を歩く
そんな毎日に飽きたら立ち止まり
再び
空を見上げるのだろう

# おわりに

今回改めて『絆創膏日記』を読み返し、20代の半ばだった頃の自分が蘇《よみがえ》ってきました。過去の出来事は、記憶の中に眠っていますが、誰でもふとしたきっかけで当時の感情や気持ちを思い出すことがあるのではないでしょうか。

30代というのは、仕事や私生活で新たな人生のターニングポイントを迎える時期なのかもしれません。

最近の僕自身の生活についてお話しさせていただくと、仕事の面では、昨年（2023年）は、新刊の出版やエッセイ連載の機会に恵まれました。現地での講演会登壇の他、リモートでの講演会、そしてオンラインサロンも始めることができました。私生活の面では自立に向け、時々ヘルパーさんと一緒に家事をしています。

誰にとっても、自分のことを好きで居続けるのは、難しいことではないでしょうか。

自閉症の僕の毎日は、大変なこともたくさんありますが、一日の最後に誰かと笑い合えると、嫌な気持ちも吹き飛んでしまいます。

幸せも不幸せも自分の心が決めることなのです。

たとえ思い通りの人生を生きるのが難しくても、自分らしい人生を送ることはできるような気がします。

僕は人から「自閉症でよかったことは何ですか？」と聞かれることがありますが、この質問に対して嫌な気持ちは抱きません。質問者は、もっと自閉症を理解したいと思ってくれているのだと感じるからです。相手のいいところに目を向けようとしているときは、仲良くなりたいと考えてくれているときではないでしょうか。

僕が自閉症でよかったと思えるのは、自然と一体化したような感覚や独特な感性を生まれながらに持っていることです。

春には満開の桜が咲き、夏には青い海が輝く、秋にはおいしい果物が実り、冬には白い雪が舞い降りてくれる。自然は豊かで雄大です。僕が人として未熟な存在でも、ありのままの姿を僕にも見せてくれます。植物や動物たちは、みんな懸命に生きています。命のはかなさと尊さを僕に教え続けてくれます。

自然だけでなく、ものに対しても、僕は強い関心を持っています。ものには命はありませんが、それぞれに美しさを持っていると思うのです。僕は、その美しさを自分のことのように喜べます。

いろいろな人たちが、この世界で生きています。

「自閉症って、なんだかいいね」

そう思ってくださる方が増えることで、自分を肯定し前向きに生きていける人たちがいるということを、どうか知ってください。

2024年の春に

東田直樹

本書は二〇二〇年三月に小社より刊行した『絆創膏日記』を再編集し、加筆修正のうえ文庫化したものです。

# 自《じ》閉《へい》症《しよう》の僕《ぼく》の毎《まい》日《にち》

東田《ひがしだ》直樹《なおき》


令和6年 6月25日　初版発行

発行者●山下直久

発行●株式会社KADOKAWA
〒102-8177　東京都千代田区富士見2-13-3
電話　0570-002-301（ナビダイヤル）

角川文庫 24202

印刷所●株式会社暁印刷
製本所●本間製本株式会社

表紙画●和田三造





ISBN 978-4-04-400826-0　C0195


◇◇◇

# 角川文庫発刊に際して

角川源義

第二次世界大戦の敗北は、軍事力の敗北であった以上に、私たちの若い文化力の敗退であった。私たちの文化が戦争に対して如何に無力であり、単なるあだ花に過ぎなかったかを、私たちは身を以て体験し痛感した。西洋近代文化の摂取にとって、明治以後八十年の歳月は決して短かすぎたとは言えない。にもかかわらず、近代文化の伝統を確立し、自由な批判と柔軟な良識に富む文化層として自らを形成することに私たちは失敗して来た。そしてこれは、各層への文化の普及滲透を任務とする出版人の責任でもあった。

一九四五年以来、私たちは再び振出しに戻り、第一歩から踏み出すことを余儀なくされた。これは大きな不幸ではあるが、反面、これまでの混沌・未熟・歪曲の中にあった我が国の文化に秩序と確たる基礎を齎らすためには絶好の機会でもある。角川書店は、このような祖国の文化的危機にあたり、微力をも顧みず再建の礎石たるべき抱負と決意とをもって出発したが、ここに創立以来の念願を果すべく角川文庫を発刊する。これまで刊行されたあらゆる全集叢書文庫類の長所と短所とを検討し、古今東西の不朽の典籍を、良心的編集のもとに、廉価に、そして書架にふさわしい美本として、多くのひとびとに提供しようとする。しかし私たちは徒らに百科全書的な知識のジレッタントを作ることを目的とせず、あくまで祖国の文化に秩序と再建への道を示し、この文庫を角川書店の栄ある事業として、今後永久に継続発展せしめ、学芸と教養との殿堂として大成せんことを期したい。多くの読書子の愛情ある忠言と支持とによって、この希望と抱負とを完遂せしめられんことを願う。

一九四九年五月三日

# 角川文庫ベストセラー

## 自閉症の僕が跳びはねる理由　東田直樹

「自閉の世界は、みんなから見れば謎だらけです」会話のできない自閉症者である中学生がその心の声を綴り、希望と感動をもたらした世界的ベストセラー。Q&A方式で、みんなが自閉症に感じる「なぜ」に答える。

## 自閉症の僕が跳びはねる理由2　東田直樹

「僕たちはただ、みんなとは様々なことが少しずつ違うだけなのです」世界的ベストセラーの高校生編。成長して気づけた喜びや希望を綴る。会話ができずもがきながらも文庫化にあたり16歳当時の日記を初公開！

## あるがままに自閉症です　東田直樹

「僕は、この世界でひとりぼっちでした。そんな思いを、もう誰にもしてほしくはないのです」重度の自閉症者である著者が18歳になり、新たな発見や心情の変化をありのままに綴る。支えてくれる人々へ贈る感動のメッセージ。

## ありがとうは僕の耳にこだまする　東田直樹

会話はできなくても「この気持ちを誰かに伝えたい」――『自閉症の僕が跳びはねる理由』の東田直樹が幼い頃から綴っていた10年分の「詩」。言葉と世界に真摯に向き合う強さと優しさが胸を打つ、全82篇。

## 跳びはねる思考
会話のできない自閉症の僕が考えていること　東田直樹

僕の口から出る言葉は、奇声や雄叫び、意味のないひとりごと。僕がこんな文章を書くとは、誰にも想像できないでしょう――。「生きる」ことの本質を鋭く捉える言葉が感動を呼んだベストセラーの文庫化。

# 角川文庫ベストセラー